Matthias Fervers

Die Schülerfete

Matthias Fervers

Die Schülerfete

... wenn der Alptraum beginnt ...

C.V. Traumland-Verlag

33758 Schloss Holte-Stukenbrock

Titelfoto, Umschlaggestaltung und Layout:
Roland Poferl Print-Design, Köln
Druck: Aalexx Druck-GmbH, 30938 Großburgwedel
Printed in Germany
ISBN 3-934555-14-4

1. Kapitel

»Magst du mich?«
Sally musste grinsen. Er schien anhänglich zu werden.
„Kommt ganz drauf an.“
„Auf was kommt es an?“
»Du hast dich hier unter dem Pseudonym Brad Pitt eingetragen. Ich glaube, wenn du auch nur im Mindesten so gut aussiehst wie er, hast du schon die halbe Miete.«
Sie blickte zum Poster von Brad Pitt, das an ihrer Zimmerwand hing. Ja, er sah wundervoll aus. Seine Augen schimmerten und sein Lächeln barg einen Zauber, dem sie sich nie hatte entziehen können. Das Poster hing schon seit vielen Jahren da, seit ihrem zwölften Geburtstag. In dem Alter hatte sie angefangen, für die Boygroups und die Stars im Fernsehen zu schwärmen. Wann hatte das aufgehört? Es musste etwa ein Jahr her sein, als ihr das ganze Getue der weiblichen Fans langsam aber sicher auf die Nerven gegangen war. Trotz alledem hatte sie niemals das Bedürfnis, das Foto von Brad Pitt aus ihrem Zimmer zu verbannen. Irgendwie war diese Zeit der Schwärmerei ein Abschnitt in ihrem Leben gewesen, den sie niemals vergessen würde.
Die nächste Nachricht erschien auf dem Bildschirm und riss sie aus ihren Gedanken.

»Leider muss ich dich enttäuschen, ich sehe ganz anders aus. Aber trotzdem ziemlich gut. Das einzige, was ich von Brad Pitt habe, sind seine blauen Augen. Allerdings habe ich kein blondes, sondern pechschwarzes Haar.«

Sie versuchte sich ihren unbekannten Chatpartner vorzustellen, es fiel ihr schwer. Sah er wirklich so gut aus, wie er behauptete?

»Was machst du so, Brad?«

»Eine ganze Menge. Am liebsten geh ich auf Partys. Und du?«

»Gleichfalls, ich liebe Partys. Heute Abend geh ich mit meinen Freunden zu einer Schülerfete, die von unserem Dance House hier in der Stadt veranstaltet wird. Und das Gute ist, heute kann ich so lange bleiben, wie ich will, ich habe nämlich für ein paar Wochen sturmfrei.«

»So, deine Eltern sind also ausgeflogen?«

»Ja, sie sind in die Vereinigten Staaten gereist und haben mir das Haus anvertraut. Allein wohnen ist echt abgefahren: Aufstehen, wann man will, Unordnung so viel man will und ins Bett gehen, wann man will.«

»Ja, ich kenne das. Aber reden wir lieber von deiner Schülerfete heute Abend.«

»Was willst du wissen?

»Kann man sich dort sicher fühlen oder muss man Angst haben, dass etwas Schlimmes passiert?«

»Keine Angst, Brad. Ich glaube, in keiner Disco ist es so ungefährlich wie in unserem Dance House. Wieso eigentlich?«

»Hast du schon mal davon gehört, dass viele Alpträume auf irgendwelchen Festen beginnen?
Ich meine, was wäre, wenn deine Party heute Abend plötzlich mit einem toten Mädchen endet?«
Sie kniff die Lippen zusammen. Zum ersten Mal fragte sie sich ernsthaft, mit was für einem Typen sie sich da eingelassen hatte.
»Ich glaube, du hast zu viele Filme gesehen, heute Abend passiert garantiert nichts.«
»Doch, und zwar etwas, was dein Leben radikal verändern wird.«
»So, und was?«
»Vergessen. High sein. Feiern. Und das ohne Alkohol. Ohne Drogen. Und ohne Gewalt.«
»Was redest du da für einen Blödsinn? Was wird mein Leben verändern?«
»Du wirst etwas verlieren.«
Zum ersten Mal spürte sie eine Gänsehaut auf ihren Armen.
»Was denn? Was werde ich verlieren?«
Sie wollte den Computer auf der Stelle ausschalten, doch etwas hielt sie zurück. War es Neugier? War es das Bedürfnis nach ein wenig Nervenkitzel, was sie förmlich an diesem seltsamen Brad Pitt kleben ließ?
Mit Beunruhigung sah sie, dass seine nächste Nachricht in roter Schrift erschien.
»Wieso denn so neugierig, das wirst du noch früh genug erfahren.«
»Wer bist du?«, fragte sie.
»Jemand, der für dich bald von großer Bedeutung

sein wird. Größer, als dir lieb ist.«
Sie schluckte.
»Ich glaube, es ist besser, wenn wir unser Gespräch beenden. Du bist absolut nicht mein Typ.«
»Da hast du Glück, du bist auch nicht meiner. Ich stehe eher auf größere Mädchen und schwarzbraune Haare mag ich auch nicht so.«
Sie zuckte zusammen. Woher wusste er, dass sie klein war und woher kannte er ihre Haarfarbe?
»Außerdem mag ich blaue Augen lieber als dunkle und ich orientiere mich auch nicht mehr an Elftklässlerinnen, sondern an älteren Mädchen.«
Woher wusste er das alles? Sie ging in die elfte Klasse und hatte auffallend dunkle Augen.
Konnte er das erraten haben?
»Was willst du von mir, Brad?«
»Das wirst du heute Abend sehen.«
»Kennst du mich?«
»Ja ... Sally!«
Und sie erschrak.

2. Kapitel

Die Türklingel riss sie aus ihren Gedanken. Sie lief die Treppe hinunter zur Haustür, dabei merkte sie, dass sie weiche Knie bekommen hatte.
Als sie die Tür öffnete, war sie überrascht. Saskia, hatte sie nicht erwartet.
»Hey Sally, ich wollte dir nur was vorbei bringen.«
Mit diesen Worten drückte Saskia ihr ein kleines Päckchen in die Hand.
»Versprich mir eins, Sally. Zeig es niemandem, hörst du? Niemand außer dir darf sehen, was dort drin ist, okay?«
Sie war verdutzt. Saskia war sonst eher schüchtern, noch nie hatte Sally sie so direkt und klar reden hören. Auch ihr Gesicht schien offener als sonst. Ihre blaugrünen Augen wirkten hell, sonst hielt sie den Kopf immer etwas gesenkt.
»Ja, in Ordnung, ich zeig es niemandem. Aber was ist denn ...«
»Das wirst du schon sehen«, sagte Saskia leise. »Also dann, mach's gut.«
Mit diesen Worten drehte sie sich um und ging mit schnellen Schritten die Straße hinunter. Sally platzte vor Neugier. Sie stürzte hinauf in ihr Zimmer und riss das Paket auf. Es enthielt zwei noch nicht entwickelte Filme aus einem Fotoapparat, sie waren jeweils in schwarze Döschen eingepackt. Saskia hatte ihr also

Fotos gebracht, die sehr wichtig sein mussten. Aber wieso gerade ihr?
Die beiden Mädchen gingen in eine Klasse, doch sie kannten sich eigentlich gar nicht so gut, sie waren überhaupt erst richtig in Kontakt gekommen, seit Saskia mit Ray zusammen war. Mit ihm hatte sich Sally schon seit der fünften Klasse gut verstanden. Er sah gut aus, hatte schön gebräunte Haut und seine schwarzen Haare waren immer perfekt gestylt. Er war Leistungssportler, der fast täglich im Stadion Leichtathletik trainierte. Doch sie mochte nicht nur sein Äußeres, er war fast immer gut gelaunt und dabei ziemlich offen und extrovertiert. Nun war er schon fast ein Jahr mit Saskia zusammen, Sally hatte eigentlich nie verstanden, warum sich ein Junge wie Ray ausgerechnet in Saskia verknallte. Sie war nicht gerade das begehrteste Mädchen in ihrer Klassenstufe und auch nach außen immer ziemlich unscheinbar. Doch Sally hatte sich auch nie besonders für sie interessiert.
Daher wunderte es sie um so mehr, dass Saskia ausgerechnet sie in ein Geheimnis einweihen wollte. Doch was mochte das für ein Geheimnis sein? Was verbarg Saskia?

»Sally, du brauchst dir doch wegen so etwas keine Gedenken zu machen. Es war halt einfach irgend so ein Idiot von unserer Schule, der es lustig fand, dich zu erschrecken. Vielleicht war es sogar jemand von unserer Clique. Aber das hat doch nichts zu bedeuten.«

Sie saß mit ihrer besten Freundin Alexandra auf ihrer Couch. Die schien ihre Geschichte mit Bad Pitt nicht ernst zu nehmen. Doch Alex Worte taten Sally gut. Langsam aber sicher gelang es ihr, die Angst von vorhin abzuschütteln. Von den Fotos hatte sie nichts erwähnt, sie dachte an ihr Versprechen Saskia gegenüber.

»Alex, ich ...«

»Quatsch, mach dir über so einen Unsinn keine Gedanken. Außerdem müssen wir gleich los, es ist schon acht Uhr durch. Die Schülerfete wird in etwa fünf Stunden vorbei sein und dann werden wir ja sehen, ob irgendetwas passiert ist. Sag mir doch lieber mal, wie ich aussehe.«

»Sexy«, sagte Sally sofort. Es stimmte, Alex sah wirklich toll aus. Ihr weit ausgeschnittenes, eng anliegendes schwarzes Kleid passte perfekt zu ihrem langen blonden Haar und ihren blauen Augen. Ja, ihre beste Freundin legte sehr viel Wert auf ihr Äußeres. Sally wunderte sich jedes Mal neu, wenn sie in deren Kleiderschrank hinein sah. Er quoll fast über, so viele Klamotten besaß Alex. Auch ihr Gesicht war sogar in der Schule stets stark geschminkt. Sally wollte nicht wissen, wie viel Zeit Alex jeden Morgen vorm Spiegel verbrachte. Das Make-Up, ihr Lippenstift, die Wimperntusche, der Lidschatten, alles saß hundertprozentig perfekt. Oft kam ihr die Eitelkeit ihrer Freundin übertrieben vor, doch Alex war deshalb keinesfalls oberflächlich, im Gegenteil. Sally vertraute niemandem mehr als ihr, niemandem erzählte sie so viel

wie ihr. Und es gab kein Mädchen in ihrem Leben, in dessen Gegenwart sie sich so wohl fühlte.
Alex legte ihr den Arm um die Schulter. »Hey! Du freust dich ja gar nicht. Jetzt vergiss den ganzen Mist doch einfach. Lass uns ausspannen, lass uns feiern! Ist doch alles okay, oder?«
Zuversichtlich hob sie den Kopf und lächelte Alex an. »Ja, natürlich. Sorry, dass ich so hysterisch reagiert habe, wahrscheinlich ist es wirklich nicht der Rede wert. Lass uns gehen.«

Sie fuhren mit dem Fahrrad, der Weg zum Dance House war nicht besonders weit. Sally hatte keine Jacke mitgenommen. Sie spürte, wie ihr der Fahrtwind unter die Haut ging. Als sie zum Himmel aufsah, bemerkte sie, dass er von Gewitterwolken verdunkelt war. Da braut sich was zusammen, dachte sie. Hoffentlich kommen wir trocken an. Es war bereits später September und sie fühlte jeden Tag neu, dass der Sommer zu Ende ging. Sie mochte diese Zeit nicht. Dieses Gefühl, wenn man genau wusste, es stand einem eine Phase voll Kälte und Dunkelheit bevor.
Alex sah zu ihr hin. Ihr feines, helles Haar wehte dabei im Wind. »Was glaubst du Sally, sind die andern schon da?«
»Keine Ahnung, wir sind ziemlich spät dran. Aber das ist bei uns doch immer so.«
Alex grinste: »Stimmt, aber mir haben wir das in der Regel nicht zu verdanken. Sag mal, weißt du, ob Marcel kommt?«

Sally lachte.
»Nein, wieso, stehst du seit Neuestem auf ihn?«
»Das nicht, aber er sieht verdammt gut aus. Oder etwa nicht?«
Sally lächelte ironisch: »Ja, das kann ihm keiner absprechen.«
Sie hatte bewusst nichts hinzugefügt. Marcel sah gut aus, da gab es keinen Zweifel. Er war groß und sah Ray auf den ersten Blick ein bisschen ähnlich. Er hatte wie Ray kurzes schwarzes Haar, doch statt braunen besaß er meerblaue Augen. Blaue Augen und schwarze Haare, diese Mischung sah einfach wunderschön aus. Sein Großvater war Sizilianer gewesen, vielleicht hatte Marcel diese Kombination von ihm geerbt.
Auch er betrieb Leichtathletik, doch seine Leistungen übertrafen die von Ray um einiges. Er hatte schon viele Trophäen für ihr Gymnasium eingeheimst, und wenn es darum ging, die Schule im Sport zu vertreten, war er stets erste Wahl. Es war beeindruckend zu sehen, wie er seinen mächtigen Körper durch den Gang in der Schule schob und dabei alle anderen, Schüler und Lehrer, überragte.
Und trotzdem konnte Sally ihn nicht leiden und sie wusste, dass sie mit dieser Meinung nicht allein war. Es war einfach paradox: Auf der einen Seite gehörte Marcel zu den gefragtesten Jungen der ganzen Schule, andererseits auch zu den unbeliebtesten. Er ging in ihre Klassenstufe und es schien ihm sichtlich Spaß zu machen, seinen Mitschülern mit seiner schier uner-

träglichen Arroganz auf die Nerven zu gehen. Sobald er anwesend war, konnte kaum jemand etwas sagen, ohne dass er gleich seinen Senf dazu geben musste. Er schien zu glauben, dass er sich bei den Mädchen alles erlauben konnte. Doch auch hier hatte er sich mit seinen Machosprüchen, die keine Grenzen zu kennen schienen, schon so manche Sympathie verscherzt. Sally wusste nicht wieso, aber in der letzten Zeit hatte sich Marcel immer mehr an ihre Clique drangehängt. Es war ein offenes Geheimnis, dass er auch dort störte, doch keiner sagte das laut.

Vor dem Dance House standen die Jugendlichen bereits Schlange. Die beiden Mädchen versuchten, in der Masse ihre Freunde auszumachen. In diesem Moment sah Sally Ray und Saskia. Die beiden küssten sich so heiß und innig, dass es Sally vorkam, als hätten sie alles um sich herum vergessen. Erneut wunderte sie sich. Schon oft hatte sie von Saskias Hemmungen gehört, wenn es ums Küssen in der Öffentlichkeit ging. Doch heute? Hatte Saskia sich von einem Tag auf den anderen völlig verändert? Hatte sie ihre Schüchternheit auf einmal gänzlich abgeworfen? Als sie gekommen war, um das Päckchen vorbei zu bringen, hatte sie so schnell und klar gesprochen, dass es Sally fast vorgekommen war, als ob sie ihren Text vorher auswendig gelernt hätte. Und jetzt das mit Ray. Sie wollte Alex fragen, besann sich aber rechtzeitig darauf, was sie Saskia versprochen hatte.

»Hallo ihr beiden«, rief sie. »Wo sind die anderen?«

Ray lächelte, als er sie und Alex sah.

»Keine Ahnung. Marcel kommt heut nicht.«
Sally wusste nicht, ob sie es sich nur einbildete, aber es war ihr vorgekommen, als wäre ein Zucken über Saskias bleiches Gesicht gegangen, als Ray Marcel erwähnt hatte.
»Ihr wisst doch«, sagte Ray, am Montag ist unser Leichtathletikwettkampf in der Schule. Es wird die Vorausscheidung für unsere Vertretung auf Landesebene getroffen. Ich habe gerade mit ihm telefoniert. Er meinte, er brauche dafür noch Ruhe, um sich zu sammeln.«
Ach ja, der Wettkampf, er war schon fast Tradition. Einmal im Jahr bekamen die Schüler schulfrei und strömten dafür ins Leichtathletikstadion, um den Besten der Schule dabei zuzusehen, wie sie ihren Sieger ermittelten. Theoretisch konnte sich jeder dort anmelden, doch es kam immer nur der Erste weiter, da jede Schule bei der Landesmeisterschaft nur einen Vertreter stellen durfte. Es war bekannt, dass der Wettkampf für die Sportler der Schule sehr wichtig war. Er entschied über ihr Ansehen, ihre späteren Ambitionen und ihre Chancen bei den Mädchen. Meist war das große Ereignis schon zwei bis drei Wochen vorher das Gesprächsthema Nummer eins in der Schule. Manchmal erinnerte Sally der große Trubel an die amerikanische Football- und Cheerleaderkultur.
»Machst du nicht mit, Ray?«, fragte sie.
»Doch, aber Marcel wird sowieso wieder gewinnen, wie die letzten drei Jahre auch. Daher hab ich nicht

großartig dafür trainiert. So langsam habe ich mich damit abgefunden.«
Sie sah genau, dass er versuchte, gleichgültig zu wirken, doch dass es in ihm ganz anders aussah, das bestätigte sich, als Ray hastig das Thema wechselte.
»Was mit Kevin und Nina ist, weiß ich nicht. Mein Handy ist eingeschaltet und keiner hat angerufen. Lassen wir uns überraschen.«
»Vielleicht ist Nina mal wieder von den Bullen erwischt und ihr getunter Roller beschlagnahmt worden«, warf Saskia ein.
Die anderen lachten. Erst vor drei Monaten war Nina von der Polizei erwischt worden, als sie ohne gültigen Führerschein mit dem Motorrad durch die Stadt gerast war. Vorher wäre Sally jede Wette eingegangen, dass Nina so etwas nie passieren würde. Die gab sich immer so cool und selbstsicher und vermittelte stets den Eindruck alles im Griff zu haben. Wo mochte sie in diesem Moment wohl stecken?
Die Schlange der Jugendlichen begann sich zu bewegen. Die Türen des Dance House waren geöffnet geworden. Alex hakte sich bei Sally ein.
»Kommt Leute, lasst uns reingehen«, meinte sie.
Sally ließ sich von ihrer Freundin zum Eingang ziehen. Unwillkürlich fiel ihr Blick auf das silberne Metallschild, das draußen hing. Eine Gänsehaut lief ihr über den Rücken, als sie las, was draufstand:
Vergessen. High sein. Feiern. Und das ohne Alkohol. Ohne Drogen. Und ohne Gewalt.

3. Kapitel

Also das hat er gemeint, dachte sie. Brad Pitt hatte folglich nicht gelogen. Er kannte nicht nur sie, sondern auch das Dance House bestens. Wahrscheinlich hatte Alex Recht gehabt und es war tatsächlich einer aus ihrer Clique gewesen.

»Ist was«, fragte Alex.

»Nein, nein, alles in Ordnung. Ich hatte nur …«

»Was?«

»Nein, ist egal. Nichts Wichtiges.«

Sally hatte bemerkt, dass Ray und Saskia genau hinter ihr standen und sie kam sich albern vor. Besonders vor Ray wollte sie keinesfalls zugeben, dass ihr wegen eines Chats nicht ganz wohl zumute war.

Doch ihr Gefühl verflog, als sie den Raum betraten. Es war ziemlich warm und die Musik lief bereits. Mehrere Scheinwerfer und Lichtorgeln hüllten die Tanzfläche in ein Meer von Farben, das sogar die Tische überschwemmte. Sally ließ sich wie die anderen auf einen Stuhl fallen und sah sich im Raum um. Sie spürte, wie die Atmosphäre ihr förmlich zu Kopf stieg, wie die vielen jungen Menschen und die vielen Stimmen ihr Inneres bewegten.

Eine Hand berührte sie an der Schulter. »Hey Sally, alles klar?«

Als sie sich umdrehte, erkannte sie Nina. Dieser Gruß war typisch für sie. Überhaupt nicht zickig oder besonders mädchenhaft, sondern einfach cool. Dennoch konnte sich Sally ein Grinsen nicht verkneifen, als sie an ihrer Freundin hinunter sah. Nina trug eine Lederhose und dazu ein braunes T-Shirt, das beim besten Willen nicht dazu passte. Sally wusste nicht, woher ihre Freundin es hatte, aber schon immer hatte die eine Totalabneigung gegen das Gewöhnliche. Nina tat niemals das, was andere taten. Stets war sie bereit, gegen den Strom zu schwimmen. Jetzt stand sie in der Reichweite einer Lichtorgel, sodass ihr lila gefärbtes Haar ständig neue Farben annahm, es sah ulkig aus.

»Kommt Kevin noch?«, fragte Sally.

»Ja, er meinte ein bisschen später, weil er noch an seinem Zimmer herumwerkeln muss, aber er wollte kommen.«

Alex war bereits verschwunden, Sally fand sie auf der Tanzfläche mit einem ziemlich gutaussehenden Jungen, den sie nicht kannte. Wahrscheinlich kannte ihn Alex ebenso wenig, doch bei ihrer Kontaktfreudigkeit hatte die sowieso im Handumdrehen eine neue Gruppe um sich. Ray war aufgestanden, um mit Nina zu tanzen. Sally saß also mit Saskia allein am Tisch.

»Und?«, fragte Saskia.

»Was und?«

»Hast du das Päckchen geöffnet?«

»Ja, es enthält zwei Filme, ich werde sie morgen entwickeln lassen. Willst du mir nicht sagen, was drauf ist?«

Saskia zögerte etwas, dann schüttelte sie den Kopf.

»Nein, Sally, das musst du schon selbst sehen. Nur eins werde ich dir sagen. Ich hätte nicht gedacht, dass so etwas wahr ist. Und wenn ich es nicht gesehen hätte, würde ich das keinem glauben. Bald hast du die Fotos ja entwickelt und dann wirst du es sehen. Aber denk an dein Versprechen, ja? Zeig sie niemandem, okay?«
Während Saskia sprach, sah Sally ihr in die Augen. Die blaugrüne Farbe schimmerte, ihr braunes Haar hing ihr ein wenig ins Gesicht. Ihr Blick wirkte fast ein wenig bedrohlich. Es ist eine Fassade, dachte Sally. Irgendetwas versteckt sie dahinter. Irgendwas, aber ich weiß nicht, was.

Es war Mitternacht, jetzt war es im Dance House meist am vollsten und die Stimmung auf dem Höhepunkt. Sally tanzte gerade mit Ray, der sie an sich drückte, es war ein wunderbares Gefühl.
»Ist Kevin noch aufgetaucht?«, fragte Ray.
»Klar, er ist schon seit fast zwei Stunden da. Hast du ihn noch nicht gesehen?«
»Nein, aber das ist bei dem großen Raum nicht sehr verwunderlich. Obwohl ich seine roten Haare und die Sommersprossen eigentlich fast aus Kilometern Entfernung erkennen müsste.«
»Wo hast du Saskia eigentlich gelassen?«
»Keine Ahnung. So vor zehn Minuten muss ich sie verloren haben. Die ist gleich wieder da, da kannst du Gift drauf nehmen. Spätestens, wenn sie sieht, dass ich mit dir Tango tanze, wird sie kommen.«

Sie musste lachen.
»Wer weiß«, sagte sie grinsend. »Vielleicht ist sie heimlich bei der Mauer unten.«
Die Mauer lag außerhalb des Dance Houses und war etwa zwanzig Meter davon entfernt. Drumherum wucherten riesige Bäume, die die Mauer komplett verbargen. Weder vom Eingang noch von der Straße sah man sie. Die Liebespärchen, die sich auf den Schülerfeten fanden, hatten das schnell herausgefunden und die Mauer zu ihrem Stammplatz erkoren. Man war dort völlig ungestört und hörte sofort, wenn jemand kam, da man sich, um dorthin zu gelangen, durch mehrere Meter Dickicht kämpfen musste.
Niemand wusste genau, ob Mitarbeiter vom Dance House dieses Plätzchen eigens eingerichtet hatten oder ob es nur zufällig da war.
Ray verstand ihre Anspielung sofort. Er grinste: »Du hast Recht, ich hab sie eben mit so einem Dunkelhaarigen gesehen, ich glaube, ich sollte mich mal auf die Suche machen.«
»Aber es läuft doch gut zwischen euch, oder?«
Er lächelte, dabei fiel ihr auf, dass er perfekt rasiert war.
»Ich weiß nicht, wie du darüber denkst, Sally. Es kann sein, dass du das glaubst, was alle glauben, nämlich das wir nicht zusammenpassen, doch das stimmt nicht. Wir ...«
Plötzlich brach die Musik ab. Der DJ schien nach dem Mikrofon zu suchen, während ein Gewirr murrender Stimmen vernehmbar wurde. Erst nach ein

paar Sekunden hörte man ihn aus den Lautsprechern.
»Liebe Teenies, ich hab hier etwas Ernstes zu sagen. Draußen gab es einen Unfall, wir haben die Polizei hier und die haben uns angewiesen, die Fete unverzüglich abzubrechen, weil es was mit uns zu tun haben könnte. Es tut mir wirklich Leid, aber bitte bewegt euch zu den Ausgängen.«
Sie zuckte zusammen, eine grausame Vorahnung befiel sie. Ray schien es bemerkt zu haben.
»Was hast du, Sally?«
Sie sah ihn fest an, während er sie nach draußen zog.
»Was soll das heißen, Ray? Ein Unfall?«
Er zuckte gleichgültig mit den Achseln.
»Keine Ahnung, aber das hat doch nichts mit uns zu tun. Komm, lass uns rausgehen.«
Schon von weitem sah sie das Blaulicht der Polizei und das des Krankenwagens. Sie begann, schwerer zu atmen, doch sie biss die Zähne zusammen. Als sie nach draußen trat, kam Nina auf sie zu. Totenbleich.
»Sally, es ist ...«
Sie wollte es nicht hören.
»Was?«, fragte Ray.
»Es ist ... Saskia. Sie ist ermordet worden.«
Sally wurde schwarz vor Augen. Sie versuchte, zu Ray aufzusehen. Der verzog keine Miene und doch merkte sie, dass er zu zittern begann. Langsam hob sie ihre Hand und berührte behutsam seine Wange. Reflexartig schlug er sie weg. Dann rannte er zur Mauer.

4. Kapitel

Sie klammerte sich an ihrem Kopfkissen fest. Das Zittern hatte mittlerweile aufgehört, doch noch immer war ihr kalt, obwohl sie unter ihrer warmen Bettdecke lag. Ihr Kopf schmerzte und sie war fast unfähig, sich zu bewegen. Um ihr Bett herum saßen Alex, Kevin und Ray. Ihnen schien es ähnlich zu gehen, sie alle ließen die Köpfe hängen. Das sonst so feine blonde Haar von Alex war zerzaust und ungekämmt. Rays schwarzes Haar hing ihm ins Gesicht, er hatte seine Arme um die Knie geschlungen und seinen Kopf darin verborgen. Die ganze Zeit hatte er keinen Laut von sich gegeben. Kevins Gesicht war völlig bleich geworden, wodurch seine Sommersprossen noch viel mehr hervortraten, es sah furchtbar aus.
Diese Grabesstimmung übertrug sich auf Sally. In ihr kamen Gefühle hoch, die sie bisher nicht gekannt hatte. Eine Mischung aus Trauer, Entsetzen und Angst. Saskia war ermordet worden, man hatte sie erwürgt. Ziemlich genau um Mitternacht. Das hatte man ihnen bei der Polizei gesagt, Alex Onkel arbeitete dort. Um zwei Uhr nachts hatte die Polizei angefangen, die Jugendlichen zu vernehmen. Doch keiner hatte etwas beobachtet, alle waren sie auf der Party gewesen, während ihre Klassenkameradin unten an der Mauer ermordet worden war.
»Seid ihr sehr müde?«, fragte Alex irgendwann.

Kevin hob mühsam den Kopf. Er konnte kaum aus den Augen schauen. »Ich glaub, nach so einer Nacht ist das absolut keine Schande. Wieso musste dieser Abend bloß so enden?«
Keiner von ihnen wusste darauf eine Antwort.
»Sie vermuten, dass einer aus ihrem Bekanntenkreis dahinter steckt«, sagte Alex plötzlich.
»Mein Onkel hat die Leitung der Ermittlungen übernommen, er hat es mir heute Morgen erzählt. Sie sind der Überzeugung, dass Saskia nur mit einem zur Mauer gegangen sein kann, den sie gekannt hat. Denn man geht ja nicht freiwillig mit einem dorthin, den man noch nie gesehen hat.«
Kevin rümpfte die Nase: »Das würde ich so nicht sagen. Du weißt doch genau, dass etliche Mädels in unserem Alter die Schülerfeten besuchen, um dort einen Freund zu finden. Was, wenn Saskia dort jemanden kennengelernt hat?«
Ray fuhr hoch: »Nein, das hat sie nicht, niemals hätte sie mit irgendeinem dort rumgemacht. Alex hat Recht. Es muss jemand gewesen sein, den sie gekannt hat. Und wahrscheinlich auch jemand, den wir kennen. Vielleicht sogar einer von uns.«
Schluss jetzt, dachte Sally. Ich will nicht mehr. »Hört bitte auf, wir wollen gar nicht erst mit Beschuldigungen anfangen. Alex, dein Onkel wird seine Arbeit schon machen, wir brauchen uns da nicht einzumischen. Denkt am besten gar nicht drüber nach.«
Kevin schüttelte kaum merklich den Kopf.
»Ich kann nichts dafür, Sally. Es hämmert sich in mei-

nem Kopf ein, das Gefühl der Angst, das Gefühl, einen eiskalten Mörder um mich zu haben und ich begreife immer noch nicht, was gestern passiert ist. Wer kann so etwas tun? Wer konnte Saskia töten? Und was hat das alles mit uns zu tun? Ich komme nicht mehr von diesen Fragen los, so sehr ich es auch versuche. Möglich, dass es nur der erste Schock ist, doch ich kann nichts dagegen tun.«

Sie konnte das sehr gut nachvollziehen. Sie sah ihn an, sein apathisches Gesicht, seine Augen, mit denen er zu Boden starrte. Es ging ihr ähnlich. Nur sie versuchte mit allen ihr möglichen Kräften, die Fragen zu bannen, die Einlass in ihr Innerstes begehrten. Sie kannte sich selbst allerdings gut genug und wusste daher auch, dass sie es nicht lange durchhalten würde. Kevin jedoch schien jetzt Antworten zu suchen. Er bohrte weiter.

»Ihr wart alle um Mitternacht auf der Party, oder? Was ist mit dir, Ray? Ich hab dich um diese Zeit gar nicht gesehen.«

Ray hob langsam den Kopf und starrte Kevin wütend an. Langsam begann er, die Lippen zu bewegen: »Was willst du? Mir sagen, ich hätte meine Freundin getötet? Ich hab dich den ganzen Abend nicht gesehen, also halt besser deinen Mund.«

Er war immer lauter und zorniger geworden. Jetzt stand er auf, seine Augen funkelten Kevin an. Auch der stand auf und wich zurück. Sally fiel auf, wie klein er im Vergleich zu Ray war. Sofort erhob sie sich und stellte sich zwischen die beiden.

»War nicht so gemeint«, sagte Kevin.
Sie musste schlucken.
»Hey, ich glaube, es ist besser, wenn ihr jetzt geht. Es gibt nur Streit, wenn wir hier aufeinander hängen. Wir sind alle müde und es war für uns alle schlimm. Am besten, wir schlafen noch ein wenig. Wir sehn uns ja morgen in der Schule, vielleicht geht es uns bis dahin wenigstens ein bisschen besser.«
Ray nickte: »Ja, du hast Recht. Lass uns gehen, Kevin. Mach's gut, Alex!«
Die beiden Jungen verließen das Zimmer und schlossen die Tür, sie war mit Alex allein. Ihr Blick fiel auf das Brad-Pitt-Poster an der Wand, ihr wurde übel.
»Fahr zur Hölle, Brad Pitt«, brachte sie heraus.
Alex verstand sofort: »Ich hätte wohl besser auf dich gehört, hm?«
Sally begann zu zittern. »Ja, gestern hat er mir seine Tat schon angekündigt. Irgendwie hab ich im Gefühl gehabt, dass es nicht bloß ein schlechter Scherz war. Eine innere Stimme hat es mir gesagt, ich hab geahnt, dass etwas passieren würde. Doch nun ist es zu spät.«
»Hast du der Polizei von dem Chat erzählt?«
Mühsam nickte sie: »Ja, das, was ich noch wusste. Aber da es ein Internetchatroom war, wurde nichts aufgezeichnet und sie haben gesagt, es wäre unmöglich herauszufinden, wer mein Chatpartner gewesen ist. Wahrscheinlich haben sie Recht.«
Alex band ihre Haare zu einem Pferdeschwanz zusammen und fuhr sich durchs Gesicht. Ihr Make-Up war verschmiert.

»Ja, Sally, für sie ist es wahrscheinlich unmöglich, es herauszufinden. Doch ich fürchte, wir werden keine Wahl haben. Wir müssen es herausfinden. Wir müssen herausfinden, wer dieser Brad Pitt war.«
Sally merkte, wie sich ihre Hand in der Decke verkrampfte.
»Ich kann nicht, Alex. Ich weiß, es muss sich alles klären und ich bin mir auch nicht sicher, ob die Polizei es schafft, aber was sollen wir tun? Den Kommissar spielen? Nein, das würde ich nicht schaffen.«
Als sie Alex in die Augen sah, erschrak sie. Ihr Blick war aggressiv und fast stechend.
»Was glaubst du, was ich empfinde, Sally? Es geht mir nicht anders als dir. Doch eins will ich nicht verlieren und das ist mein Leben.«
Sie glaubte, nicht richtig zu hören. »Wie bitte?«
»Ja, Sally. Es ist eine bittere Wahrheit. Saskia war unsere Freundin, man hat sie ermordet. Wir wissen nicht, warum. Niemand weiß es. Vielleicht ist morgen der nächste von uns tot, wenn es uns nicht gelingt, Klarheit zu schaffen. Es gibt keinen Ausweg.«
Es war zuviel für sie. Sie spürte, das sie es nicht mehr packte, ihre Augen wurden warm und fielen ihr zu.
»Sei mir nicht böse Alex, aber können wir morgen darüber reden? Ich bin so müde, ich krieg es einfach nicht mehr auf die Reihe.«
Sie ließ ihren Kopf nach hinten fallen und schloss die Augen. Sie spürte noch, wie ihre beste Freundin ihr einen Kuss auf die Wange gab.
»Schlaf gut, Sally. Und ruf mich an, okay?«

Als Alex gegangen war, fingen die Bilder an, durch ihren Kopf zu kreisen. Sie sah ihre Freunde, sie sah den Raum, in dem die verhängnisvolle Schülerfete stattgefunden hatte. Und sie sah Saskia. Wie lebendig sie gestern noch war. Sie erinnerte sich an ihren Blick, als sie sich am Tisch gegenüber saßen. Über was hatten sie geredet?
Die Fotos, schoss es ihr plötzlich durch den Kopf. Saskia ist wegen dieser Fotos umgebracht worden. Und sie sind in meinem Besitz.
Und da begriff sie, dass Alex Recht hatte.

5. Kapitel

Mit einem Schlag war sie hellwach. Sie öffnete ihre Schublade und holte die beiden Filme heraus. Ich muss sie zum Fotogeschäft bringen, jetzt sofort. Ihre Gedanken überschlugen sich. Sie sprang aus dem Bett und zog sich an.

Bis zum Geschäft war es nicht weit. Sie hatte Glück, dort konnte man auch Sonntags Filme abgeben. Wenn ich weiß, was auf diesen Fotos drauf ist, kenne ich den Mörder. Immer wieder hörte sie diesen Satz, er ging ihr nicht mehr aus dem Kopf. Sie wunderte sich, dass es ihr erst jetzt aufgefallen war, auch bei der Polizei hatte sie davon nichts erwähnt.

Saskia musste etwas gewusst haben. Etwas, das für den Mörder verhängnisvoll gewesen war, was auf keinen Fall an die Öffentlichkeit hätte gelangen dürfen. Und deshalb war sie umgebracht worden. Doch wie es aussah, hatte er zu spät zugeschlagen, Saskia war noch imstande gewesen, ihr Beweismaterial weiterzugeben.

War sie selber in Gefahr? In dem Moment betete sie zu Gott, dass der Mörder nicht wusste, dass dieses Fotomaterial existierte. Niemandem durfte sie davon erzählen, das war sicher. Niemandem, bis sie nicht wusste, was und wer auf diesen Fotos zu sehen war.

Sie war am Laden angekommen. Mit zitternden Händen stieg sie ab und betätigte den Klingelknopf.

Einige Sekunden später sah sie in das Gesicht der Verkäuferin. Die war schon älter, Sally schätzte sie auf Mitte fünfzig. Sie trug eine große Brille, die fast ihr ganzes Gesicht verdeckte. Es sah komisch aus, bei ihrem kleinen Kopf.

»Kann ich Ihnen helfen?« Die Stimme war schnarrend und markant, man hätte sie unter Tausenden erkannt.

»Bitte entwickeln sie diese Fotos so schnell wie möglich.«

»Geben Sie her!«

Gehorsam reichte Sally ihr die beiden Filme. Die Verkäuferin betrachtete sie prüfend.

»Tut mir leid, junge Dame. Aber unser Techniker kommt erst morgen Nachmittag wieder, das bedeutet, Sie können die Fotos erst übermorgen, also am Dienstag abholen. Ich hoffe, es reicht Ihnen.«

Einen Moment lang überlegte sie, dann sah sie ein, dass es sinnlos war, darauf zu bestehen.

»Ja, ist kein Problem.«

Äußerlich war sie ruhig, doch in ihr brodelte es.

Als sie nach Hause fuhr, fiel ihr auf, dass es wieder wärmer geworden war. Ein heller Sonnenstrahl blendete sie, wärmte für einen kurzen Augenblick ihren Kopf und sie vergaß alles um sich herum, es war ein wunderbares Gefühl.

Erst als sich eine Wolke vor die Sonne schob, erwachte sie aus ihrem kurzen Traum und das Erlebte holte sie wieder ein. Auf einmal kam ihr in den Sinn, was Alex gesagt hatte:

»Einer von uns.« Was war Saskia für ein Typ gewesen? Abgesehen von ihrer Veränderung am Ende ihres Lebens war sie eigentlich immer introvertiert und schüchtern gewesen. Sally hatte niemals gesehen oder davon gehört, dass Saskia mit jemandem außer Ray und den Leuten aus der Clique etwas unternommen hatte. Bevor sie mit Ray gegangen war, hatte sie in der Klasse als Langweilerin gegolten, die am Wochenende immer zu Hause blieb. Nein, Saskia hatte keinen großen Bekanntenkreis gehabt.
Alex hat absolut Recht, dachte Sally. Es ist gut möglich, dass Saskia geahnt hat, dass einer aus unserer Clique irgendetwas Verbotenes getan hat. Dabei hat sie ihn fotografiert und ihn vielleicht sogar über ihr Mitwissen informiert. Derjenige hat erkannt, dass Saskia eine Gefahr für ihn darstellte und hat sie deshalb umgebracht. Aber wer?
In Gedanken ging sie ihre Freunde durch. Ihr fiel Ray ein. Doch sie wusste genau, wie sehr er Saskia geliebt und wie sehr sie an ihm gehangen hatte. Außerdem konnte Sally sich nicht vorstellen, dass seine Trauer und sein Schmerz über ihren Tod nur Schauspielerei gewesen sein sollten. Sally und er hatten doch miteinander getanzt, als die Nachricht von Saskias Tod sie erreicht hatte. Sie hatten über sie geredet, sie hatten Mutmaßungen angestellt, wo sie im Moment sein könnte. Wäre er ihr Mörder gewesen, hätte er Sally ein grausiges Schauspiel geliefert. Sein Bild trat vor ihre Augen. Der süße Ray mit seinen schwarzen Haaren, seinem Blick, seiner Stimme. Sein Lächeln, bei

dem seine dunklen braunen Augen so glitzerten. Nein, Ray hatte Saskia bestimmt nicht getötet.
Was war mit Alex? Natürlich, Sally hatte sie bei der Schülerfete aus den Augen verloren, niemand wusste, ob sie zum Zeitpunkt von Saskias Tod theoretisch draußen gewesen sein konnte. Und wieso drängte Alex so darauf, einen Schuldigen zu finden? Um von sich selber abzulenken? Doch was sollte sie für einen Grund gehabt haben, Saskia zu töten? Eifersucht konnte es nicht gewesen sein, denn wenn sie in Ray verliebt gewesen wäre, hätte sie das Sally sicher erzählt. Auch war es unwahrscheinlich, dass Alex etwas derart Schlimmes getan hatte, dass es sich lohnte, Mitwisser deshalb auszuschalten. Nein, Sally unternahm so viel mit ihrer besten Freundin, zeitweise waren sie fast wie Schwestern. Es wäre ihr sofort aufgefallen, wenn etwas mit Alex Leben nicht in Ordnung gewesen wäre. Diese Verdächtigung erschien in der Tat ziemlich lächerlich.
Was konnte nur auf den Fotos drauf sein? Ja, sie hatte sich das schon überlegt, es musste verhängnisvoll für den Mörder gewesen sein. Aber wer kam da in Frage? Wer konnte so viel Dreck am Stecken habe, dass er dafür einen Mord begehen würde?
Marcel, dachte sie plötzlich. Marcel hatte einen großen Bekanntenkreis außerhalb der Schule und es kursierten Gerüchte, dass viele seiner Bekannten nicht ganz ohne waren. Sally hatte noch nie mit ihm darüber geredet, doch sie hielt das gut für möglich. Es passte zu seiner coolen Art, Kontakte zu »großen

Jungs« zu haben. Ja, wenn man es von dieser Warte aus betrachtete, kam Marcel zumindest von ihrer Clique als Täter am ehesten in Frage. Doch Marcel war nicht auf der Fete gewesen, weil er angeblich keine Lust gehabt hatte, zumindest hatte Ray das gesagt.
Allerdings hatte der Mord sich draußen ereignet, also hätte Marcel dafür gar nicht zur Fete kommen müssen. Doch wie konnte er Saskia zur Mauer gelockt haben? Woher sollte er gewusst haben, dass Saskia genau um Mitternacht rauskommen würde? Nein, so einfach konnte sich das nicht abgespielt haben.
Aber es war ziemlich logisch, dass Marcel behauptete, nicht auf der Schülerfete gewesen zu sein, wenn er den Mord begangen hatte. Doch wie ließ sich das nachprüfen? Niemand würde ihm je nachweisen können, dass er doch dort gewesen war. Und direkt konnte sie ihn nicht fragen. Was hätte das auch für einen Sinn gehabt? Letztendlich waren ihre Überlegungen nur Hirngespinste. Worauf hatte sie ihren Verdacht doch gleich gestützt? Auf die Tatsache, dass Marcel hin und wieder mit seltsamen Gestalten abhing. Es war überhaupt nichts, sondern einfach nur lächerlich.
Ja, dachte sie. Das Ganze wäre lächerlich. Wenn es nicht so unerträglich bitter wäre. Mittlerweile war sie schon fast wieder daheim, aus der Ferne konnte sie bereits ihr Haus erkennen. Es war trotz des vielen Verkehrs von einer seltsamen Stille umgeben. Und sie begriff, dass es besser wäre, ihre Eltern wären schon wieder zu Hause.

6. Kapitel

Für den gesamten Montag waren weder Regen noch irgendwelche kleinen Schauer vorausgesagt, was bedeutete, dass der Wettkampf stattfand. Am gestrigen Abend hatte Sally sich fest vorgenommen, nicht hinzugehen, doch als sie am Morgen aufwachte, gab sie sich einen Ruck und zwang sich zum Aufstehen. Kevin hatte einmal gesagt, dass es das Schlimmste sei, bei irgendwelchem Kummer das beständige Leben, die Verpflichtungen und somit die Realität aus den Augen zu verlieren. Und schon oft hatte sie erkannt, dass es stimmte. Doch heute fiel es ihr sehr schwer, sie wusste genau, dass sie der Wettkampf nicht interessierte. Gerade hatte sie noch mit Nina telefoniert. Von ihr hatte sie erfahren, dass es im Lehrerkollegium einen Riesenkrach gegeben hatte, weil einige Lehrer der Meinung waren, es sei eine Schande, nach einem Ereignis wie dem Mord an einer Schülerin solch ein sportliches Schauspiel zu veranstalten. Doch die waren in der Minderzahl. Die Mehrheit hatte eine Spekulation über einen Zusammenhang von Saskias Ermordung mit der Schule schlichtweg abgelehnt. Außerdem wussten alle, dass der Termin höchstens abgesagt, auf keinen Fall aber verschoben werden konnte. Im ganzen Land wurde das Turnier zentral ausgetragen und der zuständige Sportverband hatte bereits Wochen zuvor an jede Schule Schiedsrichter und Talentsucher geschickt. Jenen hohen Persönlichkeiten einen Korb zu geben, ihnen vor Augen zu führen, dass sie eine Menge Geld umsonst ausgegeben hatten und sich so alle Sympathien beim Sportverband zu verscherzen, das könne keiner verantworten, stand in dem endgültigen Beschluss. Es sei eine totale Benachteiligung derer, die auf dieser Schule später einmal gute Sportleistungen ablegen wollten.

Ja, vielleicht war das richtig, wahrscheinlich war es tatsächlich nicht möglich gewesen. Doch in Sallys Kopf gab es keinen Wettkampf. Sie verstand auch nicht, was Ray dazu bewogen hatte, trotz des Mordes an seiner Freundin teilzunehmen. Am Telefon hatte er ihr gesagt, Sport sei die einzige Möglichkeit für ihn, seinen unerträglichen Schmerz wenigstens ein bisschen abzuschütteln. Doch wie konnte man sich konzentrieren, wenn man zwei Tage zuvor seine Freundin verloren hatte?

Wie mochte die Stimmung im Stadion sein? Sally war sich sicher, die Nachricht vom Mord eines Mädchens aus der elften Klasse hatte sich in der ganzen Schule herumgesprochen. Berührte es die anderen Schüler? Oder saßen sie wie jedes Jahr da, feuerten die Sportler an und jubelten?

All diese Gedanken schwirrten ihr durch den Kopf, als sie zusammen mit Alex zum Stadion ging. Sie waren schon fast da, doch bisher hatte keiner der beiden ein Wort gesagt.

»Hast du Angst?«, fragte Alex schließlich.

Sally zuckte die Achseln. »Ich weiß es nicht. Und du?«

Alex nickte: »Ja, ich hab es dir ja gestern schon gesagt, ich habe Angst, die Nächste zu sein. Und ich bin nicht sicher, ob auf diesem Event nicht etwas Schlimmes passieren wird.«
Nein, das wird es nicht, dachte Sally sofort. Es sei denn, es gab außer Saskia noch andere, die über den Mörder und seine kriminellen Machenschaften Bescheid wussten.
Sie hätte es Alex gern erzählt. Wie gerne hätte sie ihr gesagt, dass der Mörder sein Motiv gehabt, dass er seine Aufgabe erfüllt hatte und dass es deshalb unwahrscheinlich war, dass er noch einmal zuschlug. Doch sie wusste, dass sie es nicht durfte. Sie erinnerte sich daran, dass sie selber Alex gestern noch in den Kreis der Verdächtigen mit einbezogen hatte. Nein, niemand durfte erfahren, dass sie im Besitz von derart verhängnisvollem Material war. Niemand, auch nicht ihre beste Freundin.
Sie hielten vor dem Stadion an. Am Fahrradständer stand Marcel, er grinste, als er sie sah. Es war kühl, und trotzdem war er nur mit einem Muskelshirt bekleidet, das ziemlich eng am Körper anlag. Es war meerblau, die Farbe hatte Ähnlichkeit mit seinen Augen. Er verschränkte die Arme, sodass seine Oberarmmuskeln herausstachen. Ja, es gab keinen Zweifel, er sah unwiderstehlich aus.
»Morgen, ihr beiden«, rief er und kam auf sie zu. Alex sah ihm fest in die Augen.
»Ich nehme an, du hast gehört, was am Sonntag abend passiert ist, nicht wahr?«

Er nickte: »Ja, allerdings. Erstens steht es dick und fett in der Zeitung und zweitens standen gestern Nachmittag Bullen bei mir vor der Tür. Euch hätten sie schon vernommen, sagten sie. Und die Routine gebietet ihnen, jeden aus dem Freundeskreis des Opfers zu fragen. Mann, haben die mich gelöchert. Und dann haben sie noch gefragt, wo ich denn am Samstagabend zwischen acht Uhr und Mitternacht gewesen bin. Ich hatte den Eindruck, sie waren ziemlich verärgert, als ich ihnen erklärt habe, dass ich heute den Titel abholen muss und mich deshalb den ganzen Abend zu Hause aufgehalten und das Haus nach sieben Uhr nicht mehr verlassen habe.«
Er widerte Sally an. Seine coole, sachliche Art. Sein Blick, der verriet, dass Saskias Tod ihn völlig kalt gelassen hatte. Dass ihn nach wie vor nichts anderes interessierte als sein Titel. Und dabei hatte Saskia zur Clique gehört, der er hinterhergelaufen war. Ihre Hände bebten vor Wut. Sie schielte zu Alex hinüber, auch die schien über Marcels Reaktion erbost zu sein.
»Marcel, hast du Saskia nicht gemocht?«, fragte Sally langsam.
»So gut kannte ich sie nicht, deshalb kann ich dir das nicht beantworten. Aber ich glaube, sehr vermissen werde ich sie nicht.«
Es war zuviel für sie. Sie zog Alex am Arm.
»Komm, lass uns gehen, hier erreichen wir doch nichts mehr.«
Sie sah Marcel kalt an. »Viel Glück beim Wettkampf.«
Der lehnte sich an die Wand. »Du wirst staunen,

Sally, aber ich werde es nicht brauchen. Ich kann dir jetzt schon genau sagen, wie es ausgeht. Ich werde das Ganze ein wenig spannend machen und Ray am Anfang einen Vorsprung lassen. Doch am Schluss werde ich wie immer Sieger sein, da gibt es keinen Weg dran vorbei.«

Seine letzten Worte erreichten Sally nicht mehr. Ohne Marcel noch eines Blickes zu würdigen, betrat sie mit ihrer Freundin das Stadion.

»Sag mal, Sally, siehst du Kevin und Nina irgendwo?«

»Nein, aber ich kann dir jetzt schon sagen, Nina wird sich verspäten. Du weißt ja, wie sie ist. Sie lebt immer nach ihrem Gefühl, einfach in den Tag hinein. Sie kommt in die Schule, wann sie Lust hat und Verpflichtungen haben bei ihr den geringsten Stellenwert. Mich würde es nicht wundern, wenn sie erst ganz am Schluss hier aufkreuzt.«

Die Tribüne hatte sich schon fast gefüllt, die ersten Teilnehmer begannen bereits, sich aufzuwärmen.

»Setzen wir uns, Alex?«

Die hatte nicht zugehört. Wie paralysiert starrte sie vor sich hin.

»Alex?«

Langsam reagierte sie und nahm Sallys Arm.

»Hey, Sally, mir ist grad was eingefallen. Es gibt da etwas, was ich wissen muss. Und ich muss es während des Wettkampfes herausfinden. Kommst du mit?«

7. Kapitel

»Wohin?«
Sally hatte keine Ahnung, worauf Alex hinaus wollte. Was mochte der bloß so Wichtiges eingefallen sein?
Alex sah sie an. Ihre blauen Augen wirkten wie hypnotisiert.
»Zu Marcel nach Hause«, antwortete sie leise.
»Wie bitte? Du willst doch nicht etwa ...«
Alex hielt sie fest. »Doch, genau das will ich. Ich will ohne seine Erlaubnis sein Haus durchsuchen, denn freiwillig wird er mir das nicht gestatten. Und deshalb muss ich es während des Wettkampfes tun, wenn dort niemand zu Hause ist.«
Noch immer war Sally verwirrt. »Alex .... Was willst du überhaupt dort, was ....?«
»Das wirst du noch früh genug sehen. Ich habe keine Angst, ob ich Glück habe oder nicht. Die Chance ist zwar ziemlich klein, aber man darf nichts unversucht lassen. Denn wenn sich mein Verdacht bestätigt, dann sieht es für Marcel nicht mehr ganz so rosig aus.«
Noch immer wusste sie nicht, was Alex vor hatte.
»Glaubst du etwa, er hat Saskia umgebracht?«
»Ich glaube nichts«, erwiderte Alex dumpf. »Dazu weiß ich noch viel zu wenig. Aber das eine muss ich herausfinden. Es geht nicht anders. Also, was ist?«
Sally war unsicher, trotzdem nickte sie: »Okay, sag mir nur, wann.«

»Wir müssen ein wenig warten, bis die Stimmung im Stadion auf ihren Höhepunkt zusteuert und das wird erst in der späten Wettkampfphase sein. Dann wird es keinem hier auffallen, dass wir verschwinden. Ich muss dann kurz in die Umkleidekabine der Jungs und Marcel seinen Hausschlüssel aus dem Rucksack klauen. Wir können nicht darauf vertrauen, dass er irgendeines seiner Fenster offen gelassen hat und einen gewaltsamen Einbruch können wir uns nicht leisten. Ich denke, in zwei Stunden kann es losgehen. Okay?«
»In Ordnung«, sagte Sally. Doch etwas nagte an ihr und dieses Etwas war ihr Gewissen. Auch sie hatte den Verdacht gehabt, dass Marcel etwas mit dem Mord an Saskia zu tun haben konnte und eigentlich hätte ihr Alex Idee gerade recht kommen müssen. Dennoch hatte sie Hemmungen, einfach in Marcels Haus einzudringen und es wie ein Polizist mit Durchsuchungsbefehl durchzukämmen, so sehr sie ihn in diesem Moment auch hasste. Und es wurde ihr einfach nicht klar: Was hoffte Alex, in Marcels Haus zu entdecken?

Das Turnier war zwei Stunden in Gange, als Nina kam. Sally hatte längst erkannt, dass sich die allgemeine Bestürzung der Schüler über Saskias Tod in Grenzen hielt, denn das Publikum war genauso ausgelassen wie sonst.
»Wie sieht es aus, Sally?«, fragte Nina.
»Ray liegt in Führung. Es ist unglaublich, was für eine Leistung er heute bringt. Ich glaube fast, er hat

Recht gehabt, er läuft sich den gesamten Frust aus der Seele. Doch nachher wird alles nur noch schlimmer sein.«

Nina sah sie lange an: »Hast du was Neues herausgefunden?«

Sally schüttelte den Kopf. »Nein, nichts, das wichtig wäre. Wie fühlst du dich?«

»Keine Ahnung, ich kannte das Gefühl vorher nicht. In mir drin ist es einfach nur leer. Ich werde zerrissen von der Kraft, die auf die Wirklichkeit weist und der, die mir immer wieder das Bild von der toten Saskia zeigt. Und das packe ich einfach nicht.«

Nina hatte sich, während sie sprach, eine Zigarette angesteckt. Es passte überhaupt nicht zusammen. Die pseudocoole Art und dann dieses melancholische Gerede. Von der Seite sah Sally ihre Freundin an. Ihr lilafarbiges Haar war glatt frisiert, noch immer hatte sie ihre Motorradjacke an. Sie schien an diesem Morgen vergessen zu haben, ihr Make-Up aufzutragen, denn Sally konnte an einigen Stellen Pickel entdecken. Es hat Nina ziemlich mitgenommen, dachte sie. Sie hat nicht mehr alles im Griff wie sonst, sondern auch ihr scheint alles ein wenig zu entgleiten.

Warum war Nina überhaupt noch gekommen? Man sah ihr doch sofort an, dass sie sich nicht gut fühlte. Einen Augenblick lang dachte Sally an ihre Gedanken von gestern, innerlich schloss sie jetzt auch Nina als Mörderin Saskias aus.

In dem Moment setzte sich Alex neben sie und nickte ihr zu. Sie verstand sofort und stand auf.

»Wo wollt ihr hin?«, fragte Nina.
»Wir müssen schnell was erledigen«, antwortete Sally. »Wir sind gleich wieder da.«
An Ninas misstrauischem Blick konnte Sally sehen, dass sie etwas ahnte.
»Gut«, sagte Nina gedehnt. »Dann bis gleich.«
Sally und Alex bahnten sich langsam einen Weg durch die Menschenmassen auf der Tribüne. Alex hatte sie noch einmal gemahnt, sich nicht zu auffällig zu verhalten, niemand sollte sehen, dass sie das Sportfest verließen.
»Hast du den Schlüssel?«, frage Sally.
»Ist alles geregelt. Wir können losfahren.«
Bis zu Marcels Haus hatten sie es nicht weit, sie mussten nicht länger als eine Minute fahren.
»Was glaubst du Alex, gewinnt Marcel den Wettkampf? Immerhin liegt Ray in Führung.«
Alex schüttelte den Kopf: »Na und? Er hat uns sein Vorgehen doch vorher angekündigt, glaub mir, Ray hat keine Chance. So, dann lass uns mal die Tür aufschließen.«
Es lief wie geplant, die beiden Mädchen betraten leise das Haus.
Sally wurde ungeduldig: »Hey, jetzt sag mir doch mal endlich, was du hier willst. Also?«
Alex reagierte nicht. Wortlos ging sie zur Garderobe und begann, darin herumzukramen.
»Was zum Teufel suchst du, Alex?«
»Seine Schuhe.«
Sally kam sich veralbert vor. Warum rückte die nicht

endlich mit der Wahrheit heraus und was in aller Welt wollte sie mit Marcels Schuhen?
»So, hier sind sie. Stell sie schon mal in die Küche, Sally. Ich muss hoch in den ersten Stock und da was nachschauen. Warte solange hier, ja?«
Ohne eine Antwort abzuwarten stürmte Alex die Treppe hinauf. Gehorsam nahm Sally Marcels Schuhe in die Hand; ihr fiel auf, dass sie innen drin noch feucht waren. Er musste vergessen haben, Papier hineinzustopfen.
In dem Moment kam Alex hinunter, in der rechten Hand hielt sie triumphierend Marcels schwarzblauen Regenmantel. Beim Anfassen bemerkte Sally sofort, dass auch der Mantel noch klamm und feucht war. Alex sah sie durchdringend an.
»Weißt du jetzt, was ich hier wollte, Sally?«
Sie war verwundert, Alex hatte den Tonfall ihrer Stimme völlig verändert. Sie hatte langsam und klar gesprochen. Und doch hatte Sally nicht begriffen, was sie meinte.
»Nein, tu ich nicht.«
Noch immer sah Alex ihr in die Augen. »Weißt du zufällig noch, was für ein Wetter gestern war?«
Sie überlegte. Viel hatte sie von dem Tag nicht mitbekommen, doch ihr war aufgefallen, dass es wärmer geworden war. Ja, der Sonnenstrahl, der sie für eine Sekunde aufgetaut hatte.
»Keine Ahnung, ich glaube, es war warm.«
Alex schluckte hörbar.
»Ja, du hast Recht. Wir hatten fast den ganzen Tag

Sonnenschein. Und vorgestern? Am Tag der Schülerfete?«
Sie erinnerte sich. Ja, bevor sie das Gebäude betreten hatten, war ihr der Himmel sehr bedrohlich vorgekommen. Und als sie um elf Uhr aus dem Fenster gesehen hatte, hatte es in Strömen geregnet.
»Abends hat es geregnet, so viel weiß ich noch.«
»Ja«, sagte Alex fest. »Abends hat es geregnet. Um halb neun haben wir das Dance House betreten, da war es noch trocken. Erst um zehn Uhr ist der Wolkenbruch losgegangen. Und jetzt sieh es dir an. Marcels Schuhe sind nass, genauso sein Regenmantel. Begreifst du es jetzt endlich?«
Ein Schock durchfuhr sie, mit einem Mal war es ihr klar.
»Marcel war an dem Abend nach zehn Uhr doch noch draußen«, flüsterte sie.
Alex zitternde Hand berührte die ihre.
»Ja, Sally. Er hat die Polizei und uns belogen. Und warum? Weil er doch auf der Fete war. Zumindest draußen.«
Sally zögerte, sie wollte keine vorschnellen Urteile fällen.
»Aber Alex, es gibt tausend Gründe, warum er eine nasse Jacke haben kann, er kann auch ...«
»Nein, das kann er nicht. Er wird sich wohl kaum in voller Montur in die Badewanne gelegt haben, es muss vom Regen kommen. Es hat nur an dem Abend geregnet, den ganzen Tag und auch am Tag zuvor aber nicht. Und ohne Grund lügt man die Polizei nicht an.«

Alex machte eine kurze Pause, bevor sie fortfuhr.
»Nein, Marcel war auf der Schülerfete.«
Sally wich ein Stück zurück. Die Augen ihrer besten Freundin funkelten grimmig, es machte ihr beinahe Angst.
»Was glaubst du, Alex?«, fragte sie leise.
Deren Gesicht blieb unbeweglich: »Ich glaube, Marcel hat Saskia umgebracht. Aber warum?«

8. Kapitel

Sie kamen gerade noch rechtzeitig zum Ende des Wettkampfes. Kevin lehnte am Geländer, doch im Gegensatz zu allen anderen Anwesenden bewegte er sich nicht. Er wirkte seltsam starr. Als die beiden Mädchen ihn erreichten, begrüßte er sie nur flüchtig.
»Wie sieht's aus?«, fragte Alex.
»Marcel hat gerade beim Kugelstoßen zu Ray aufgeschlossen, die beiden sind punktgleich. Jetzt kommt die letzte Disziplin, der Tausendmeterlauf. Aber ich ahne schon, wie es ausgeht.«
Ja, dachte sie. Das tue ich auch. Sie zweifelte keine Sekunde mehr daran, dass Marcel den Titel wie jedes Jahr mit nach Hause nehmen würde. Jetzt sah sie ihn, wie er auf seine Position ging. Sie konnte seine Augen nicht erkennen, dafür stand er zu weit weg. Sie sah nur seinen coolen, selbstsicheren Gang. Sollte Alex Recht haben, hatte Marcel Saskia umgebracht? Sie erinnerte sich an sein arrogantes Auftreten vor dem Turnier und seine Reaktion auf Saskias Tod. Sie war sich sicher, dass er zumindest zu so einem Verbrechen fähig wäre. Doch letztendlich war es gar nichts, was sie gegen ihn in der Hand hatten, auch wenn Alex anders darüber dachte. Es war klar, dass er an dem Abend das Haus noch verlassen und somit gelogen hatte. Doch wie viel Gründe gab es für einen Jungen ihres Alters, seine abendlichen Aktivitäten vor der

Polizei nicht anzugeben? Allein, wenn es eine mehr oder weniger harmlose Sache gewesen war, wenn er sich beispielsweise mit einigen Freunden noch ein paar Badestunden im schon längst geschlossenen Schwimmbad gegönnt hätte, hätte er es der Polizei nicht erzählt.

Nein, es war wahrhaftig kein Beweis dafür, dass er beim Dance House gewesen war, geschweige denn dafür, dass er etwas mit Saskias Tod zu tun hatte. Warum hatte sich Alex bloß so in ihn verbissen? Warum war sie so sehr davon überzeugt, dass es Marcel gewesen war? Und warum hatte Alex sie mit zu Marcels Hausdurchsuchung genommen? Sie überdachte das gerade eben Geschehene. Ja, es hatte fast gewirkt, als hätte Alex ihr etwas präsentieren wollen. Sie erinnerte sich an Alex triumphierendes Gesicht, als sie mit dem Regenmantel in die Küche gekommen war. Und dann dieser plötzliche Stimmungswechsel. Alles war so aufgesetzt gewesen, Alex hatte ihr unbedingt eintrichtern wollen, dass Marcel Saskia umgebracht hatte. Schon am Tag zuvor hatte Alex ihre Trauer am schnellsten abschütteln können und hatte Sally zu Initiativen gedrängt. Woher kam das wohl?

Einen Moment lang überlegte sie, ob Alex die Szene in Marcels Haus manipuliert haben konnte. Doch sie waren ohne Rucksack dort hingefahren und es hätte keine Möglichkeit gegeben, die Schuhe noch zu durchnässen, zumal Alex ja nicht allein an der Garderobe gewesen war. Nein, das war in der Tat sehr unwahrscheinlich.

Das Startsignal des Schiedsrichters risss sie aus ihren Gedanken. Sie hatte selber einschlägige Erfahrungen mit dem Tausendmeterlauf gesammelt. Die Distanz war zu kurz, um die Kondition ausspielen zu können und dennoch zu lang, um einen guten Sprint hinzulegen. Zehn Leute waren losgelaufen, hundert Meter mochten sie schon zurückgelegt haben. Schon jetzt war klar ersichtlich, dass Ray und Marcel den anderen Sportlern in dieser Disziplin stark überlegen waren, sie hatten bereits die Führung übernommen. Immer weiter fielen die anderen ab, die beiden liefen jedoch immer noch auf gleicher Höhe nebeneinander und es schien, als könne keiner den anderen übertrumpfen.

»Ray muss es schaffen«, sagte Kevin.

»Marcel darf nicht wieder gewinnen, sonst wird er noch ätzender und eingebildeter als sowieso schon.« Sally umklammerte vor Aufregung das Geländer. Jetzt hatten die Athleten die erste Runde im Stadion zurückgelegt, das bedeutete, sie waren mit vierhundert Metern knapp bei der Hälfte angelangt. Als sie bei den Dreien vorbeikamen, sah Sally, dass Ray im Gesicht schon ziemlich rot geworden war.

»Komm schon, Ray. Lauf!«, rief sie, sich verzweifelt an die Hoffnung klammernd, dass er Marcel wenigstens diesmal besiegen würde. Es änderte sich nach wie vor nichts, außer dass der Abstand der beiden Spitzen zu den Übrigen nur noch größer wurde. Die Zuschauer reagierten entsprechend. Sie wussten, dass der Sieger dieser Disziplin gleichzeitig der Sieger des

Turniers war und nun lieferten sich die beiden Besten ein Kopf-an-Kopf-Rennen, so dass die Spannung kaum mehr zu steigern war. Für den Moment vergaß auch Sally alles um sich herum, es existierten nur noch Ray und Marcel, die rannten, als ginge es um ihr Leben .

»Gleich kommen sie wieder bei uns vorbei, dann sind es nur noch zweihundert Meter«, sagte Kevin. Ray wirkte noch erschöpfter als zuvor.

Pötzlich hörte sie, wie Marcel sagte: »Gut mitgehalten, Ray, aber gegen mich hast du keine Chance.«

Alle Zuschauer aus ihrer Ecke hatten es gehört, es ging ein Raunen durch die Menge. Und dann geschah das, was Marcel bereits vor dem Turnier vorausgesagt hatte: Auf den letzten zweihundert Metern begann er zu sprinten, er rannte, als wäre er gerade erst losgelaufen. Von weitem konnte sie sehen, wie Ray mit letzter Kraft versuchte, mitzuhalten. Doch sein Konkurrent hatte Recht behalten, er hatte keine Chance. Kurz bevor Marcel als Sieger durchs Ziel rannte, riss er die Arme hoch.

Die meisten Zuschauer hatten seine Worte nicht mitbekommen und applaudierten begeistert. Sie applaudierten dem Sieger, der seinen Konkurrenten mit einem Mal seine Überlegenheit gezeigt hatte. Sie applaudierten noch, als Ray vor Erschöpfung zu Boden sank. In ohnmächtiger Wut sah Sally, wie Marcel kurz auf den Besiegten herabsah, um dann zur Tribüne zu laufen und sich feiern zu lassen.

Wie im Tierreich, dachte sie. Nur der Stärkste überlebt. Ray ist Zweiter geworden und doch ist er der Verlierer des Tages. Marcel wird gefeiert, obwohl er so unsportlich und gemein gewesen ist. Es widerte sie an. Nicht einmal aufgeholfen hatte er dem Verlierer. Ja, Marcel hatte Recht behalten. Wahrscheinlich hätte er den Wettkampf schon viel früher entscheiden können, es war ihm nur darum gegangen, die Niederlage, die er Ray hatte beibringen wollen, richtig in Szene zu setzen. Und es war ihm gelungen. Er hatte bis zur letzten Minute mit seinem Opfer gespielt, wie eine Katze, die, wenn sie eine Maus gefangen hatte, sie niemals sofort auffraß, sondern immer erst ein wenig mit ihr herumlief, sie wieder freiließ, um sie dann erneut zu packen.

»Ich hasse ihn«, hörte sie Alex sagen. »Ich wünschte, sie würden ihn einsperren, ganz gleich, ob er Saskia umgebracht hat oder nicht.«

9. Kapitel

Nach dem Wettkampf war Ray noch mit zu Sally nach Hause gekommen. Jetzt lag er auf ihrem Bett, seine Augen waren geschlossen. Sie hörte wie schwer er atmete, die Hände hatte er vor seine Augen gepresst.

Sie gab ihm einen Kuss auf die Wange, doch sie wusste nicht einmal, ob er es bemerkt hatte.

»Geht's dir besser, Ray?«

Der antwortete nicht sogleich.

»Ist schon okay«, brachte er schließlich heraus. »Mir war ja von Anfang an klar, dass Marcel gewinnen würde. Doch ich hätte nicht gedacht, dass er mir so was antut. Er weiß genau, wie sehr ich unter Saskias Tod leide, wie konnte er mich da auf so eine gemeine Art und Weise bloßstellen? Das kapier ich einfach nicht.«

Sie seufzte, denn sie wusste, dass er Recht hatte und dass sie ihm nicht helfen konnte.

»Weißt du was, Sally? Marcel kümmert sich um keinen anderen Menschen außer um sich selbst. Was andere fühlen und empfinden, interessiert ihn einen Dreck. Nicht ein Wort hat er mir zu Saskias Tod gesagt, nicht ein einiges Mal hat er gefragt, wie es mir bei der ganzen Sache geht.«

Sanft strich sie ihm übers Gesicht. Beinahe wäre sie selbst in Tränen ausgebrochen, als er das mit Saskia

sagte. Sie konnte sich gut vorstellen, wie er sich fühlen musste.
Auf einmal öffnete er seine Augen und sah sie an: »Was glaubst du, Sally? Wer hat Saskia umgebracht?«
Die Frage kam sehr überraschend. Zu überraschend für sie.
»Ich ... Ich hab keine Ahnung. Wieso, was glaubst du?«
Er zuckte mit den Achseln. »Ich weiß es nicht, deshalb hab ich dich ja gefragt. Doch wenn die Polizei Recht behält und es ist jemand, den Saskia gut gekannt hat, dann fürchte ich, ist die Auswahl nicht sehr groß. Aber wer von uns soll das gewesen sein?«
Es war ihr klar, sie musste beharrlich bleiben und an ihrem Grundsatz festhalten, niemandem von der Sache mit den Fotos zu erzählen, bis sie diese selber durchgesehen hatte. Es war bereits Nachmittag, sie konnte morgen nach der Schule beim Fotogeschäft vorbeigehen und sie dort abholen. Dann würde sich alles aufklären, dann würde sie sehen, weswegen man Saskia umgebracht hatte und wahrscheinlich auch, wer ihr Mörder war.
»Die Sache wird sich aufklären, Ray. Ich verspreche es dir.«
Das Telefon klingelte.
»Hallo?«
»Sally, ich bin's Alex. Bist du allein?«
»Nein, Ray ist bei mir.«
»Hör zu, ich ruf vom Handy aus an, ich verfolge gerade Marcel.«

Unwillkürlich musste sie lachen: »Wie bitte? Was tust du?«
Alex schien nicht zu begreifen, dass es Sally lächerlich vorkam.
»Wir befinden uns gerade in der Schule drinnen, er geht in Richtung Informatikraum.«
Was war nur mit Alex los?
»Sag mal, das Schulgebäude ist doch heute den ganzen Tag lang geschlossen.«
»Ja, normalerweise«, antwortete Alex leise. »Aber nicht für Marcel. Er hat sich mit einem Schlüssel Zugang verschafft.«
Sally schluckte. Sie war lange Zeit in der SMV gewesen und wusste nur zu gut, dass es für die Schüler strengstens verboten war, einen Schlüssel zu besitzen. Die Lehrer der Schulen hatten Anweisung, dass wenn auch nur der Verdacht auf einen Schlüssel in Schülerhand bestand, die ganze Schlüsselanlage auszutauschen war.
»Alles klar, ich komm vorbei.« Sally hängte auf.
»War es Alex?«, fragte Ray.
»Ja, pass auf. Ich muss kurz zu ihr, sie steckt in Schwierigkeiten. Du kannst hier bleiben, wenn du willst.«
Als Ray nickte, stürmte sie hinaus und schwang sich auf ihr Fahrrad.
Wie war Alex eigentlich auf die Idee gekommen, Marcel zu verfolgen? Hatte sie den ganzen Mittag lang vor seinem Haus herumgesesssen und gewartet, bis er rauskam? Alex' Irrsinn ihm gegenüber war

schon fast krankhaft. Der Satz, den sie nach Marcels Sieg gesagt hatte, ging Sally nicht mehr aus dem Kopf, Ja, Alex hasste Marcel abgrundtief und sie hatte unmissverständlich erklärt, dass es ihr gerade recht kam, wenn sie ihn als Verbrecher einlochten. Folglich war klar, dass es ihr gut in den Kram passte, wenn viele Indizien gegen Marcel sprachen. Wie hatte sie eigentlich vor der Schülerfete über ihn geredet? Niemals hatte sie ernsthaft behauptet, ihn zu mögen, doch oftmals hatte sie einen Kommentar über sein gutes Aussehen abgegeben. Woher kam ihr plötzlicher Hass?

Sally war angelangt. Leise stellte sie ihr Fahrrad ab und betrat die Schule, Marcel hatte anscheinend nicht wieder abgeschlossen.

Sie sah Alex schon von weitem. Sie saß gegenüber der Bibliothek hinter einer Pinnwand und hatte ein Fernglas in der Hand, mit dem sie in den Informatikraum hineinsah. Sie hatte ein weißes Top an und ihr langes blondes Haar leuchtete. Beides war für eine Verfolgung alles andere als geeignet.

»Alex!«, rief sie leise.

Ihre Freundin fuhr herum.

»Mein Gott Sally, hast du mich erschreckt. Gut, dass du da bist.«

»Ist Marcel dort drinnen?« Sie zeigte auf den Informatikraum. Alex nickte.

»Ja, er hat sich an einen der Computer gesetzt und ist jetzt fast schon die ganze Zeit am Tippen. Frag mich nicht, was er da tut.«

Alex gab ihr das Fernglas und Sally konnte in das Zimmer hineinsehen: es war, wie Alex gesagt hatte. Marcel saß dort, tippte und sah angestrengt auf den Bildschirm. Manchmal grinste er zwischendurch. Was machte er da bloß? Und wieso musste er sich dafür illegal Zugang zur Schule verschaffen?
»Hey, Alex, was tun wir? Sollen wir die ganze Zeit hier warten?«
»Mach kein Theater Sally. Ich bin schon hinter ihm her, seit er den Wettkampf verlassen hat und du fängst gerade erst an. Findest du sein Verhalten nicht seltsam? Er wird hier wohl kaum sein E-Mailkonto abrufen wollen.«
Sally überlegte kurz, bevor sie es sagte: »Zumindest finde ich sein Verhalten nicht so seltsam wie du.«
Langsam wendete Alex ihren Kopf und sah sie von der Seite an: »Was meinst du?«
»Ich meinte nur, dass es mir in erster Linie darum geht, den wahren Schuldigen zu finden und nicht darum, Marcel etwas anzuhängen.«
Alex antwortete nicht. Stattdessen starrte sie wieder aufmerksam durch das Fernglas.
»Sally, er verlässt den Raum. Doch er lässt alles stehen und liegen. Das heißt, er wird wieder zurückkommen. Sollen wir?«
Sie verstand sofort, es war ihre einzige Chance. Sie warteten, bis Marcel weit genug weggegangen war, dann betraten sie den Informatikraum. Alex ging sofort zu Marcels Computer und sah auf den Bildschirm.

»O Gott«, stieß sie hervor.
Sally war stehengeblieben.
»Was? Was ist los, was steht dort?«
Alex sah sie lange an. »Weißt du, was er hier gemacht hat? Er hat gechattet. Und weißt du, unter welchem Pseudonym? Brad Pitt.

10. Kapitel

Ja, es stand da. In roter Schrift. Rot war der Name Brad Pitt markiert, er hatte sich unter diesem Namen eingeloggt.
»Sollen wir uns das Gespräch ansehen, Alex?«
Die schüttelte den Kopf. »Nein, wir müssen hier verschwinden. Wahrscheinlich ist er nur zur Toilette gegangen und taucht jeden Moment wieder hier auf. Und ich habe keine Lust, ihm plötzlich gegenüberzustehen. Lass uns gehen.«
Seine Jacke, schoss es ihr durch den Kopf, als Alex den Raum schon verlassen hatte. Er hat sie hier hängen lassen. Ohne nachzudenken, begann sie, Marcels Jackentaschen zu durchsuchen. Doch sie waren leer, bis auf die letzte, in der sich ein rotes Döschen befand. Sally betrachtete es kurz, konnte jedoch nichts Merkwürdiges dabei feststellen.
»Komm schon, Sally!«
Eine Sekunde lang überlegte sie, dann hatte sie sich entschieden. Sie steckte ihren Fund in die Tasche und rannte Alex hinterher dem Ausgang zu. Draußen verschnauften sie erst einmal, Sally war völlig außer Atem.
»Hey, Alex, warum bleiben wir nicht noch?«
Auch Alex atmete schnell: »Wozu denn? Wir wissen doch jetzt, was er da gemacht hat. Und, wie ist es?«
Alex hatte Recht, es gab keinen Zweifel mehr. Marcel

musste Brad Pitt gewesen sein, ein Zufall war hier nahezu ausgeschlossen.
»Hör zu, Sally. Wir wissen jetzt bereits zweierlei. Erstens hat Marcel gelogen und höchstwahrscheinlich war er auf der Fete. Und zweitens ist er offensichtlich dein Chatpartner gewesen, der seinen Mord noch arrogant vorher angekündigt hat. Es passt wahrhaftig zu ihm.«
Sally fiel die Dose ein, die sie erbeutet hatte.
»Alex, ich hab hier noch was. Ich hab es aus Marcels Jackentasche gestohlen.«
Alex zuckte zusammen: »Was hast du gemacht?«
»Seine Jacke hing noch dort«, antwortete Sally ruhig. »Ich habe seine Taschen durchsucht und das hier gefunden. Irgendetwas hat mir gesagt, dass es wichtig sein könnte.«
Ihre beste Freundin schüttelte den Kopf. »Sally, bist du wahnsinnig geworden? Wenn es für ihn wichtig ist, dann wird er es spätestens in einer Stunde merken und dann wird er ganz schnell checken, dass jemand ihn beobachtet haben muss. Hast du es denn nicht kapiert? Er ist gefährlich und im Moment sieht es so aus, als hätte er tatsächlich Saskia umgebracht. Wir können uns hier nicht in Gefahr bringen, ist dir das nicht klar?«
Alex Worte gingen ihr durch Mark und Bein, wieder fiel ihr ein, was passieren würde, wenn der Mörder herausbekam, dass sie die Fotos hatte.
»Und wenn wir zur Polizei gehen?«
Erneut schüttelte Alex den Kopf: »Nein, das würde

überhaupt nichts nützen, dafür wissen wir noch viel zu wenig. Alles, was wir gegen ihn haben, kann er abstreiten. Seine Kleider sind mittlerweile trocken und wir müssten, um diesen Beweis vorzubringen, einen Hausfriedensbruch beichten. Und das mit dem Chatroom ist die selbe Sache wie beim ersten Mal: Es gäbe überhaupt keinen Grund für eine Festnahme, mein Onkel hat mir das alles mal erklärt. Auf deutsch heißt das, die würden höchstens uns statt ihm verhaften. Nein, Sally, das können wir nicht tun.«

Für eine kurze Zeit schwiegen beide. Sally hatte begriffen, in was für einer Zwickmühle sie sich befanden. Und doch wussten sie, dass er gefährlich war, dass er vielleicht sogar für sie eine Bedrohung darstellte. Es war ein ekelhaftes Gefühl, nichts tun zu können.

»Mach mal das Döschen auf, Sally. Ich will sehen, was da drinnen ist.«

Der Deckel war nicht sehr fest verschlossen, er ließ sich leicht abschrauben.

»Und? Was ist es?«

»Tabletten«, antwortete Sally. »Mit einem Grinsgesicht vorne drauf. Und eine kleine Tüte mit einem schneeweißen Pulver.«

Alex blieb der Mund offen stehen. »Zeig mal her.«

Sie riss Sally die Dose aus der Hand. Wie gebannt starrte sie deren Inhalt an.

»Was ist es denn?«

Langsam hob Alex den Kopf: »Ich weiß, was das ist, Sally, ich kenne diese Tabletten mit den Smileys, es ist

Ecstasy. Und beim weißen Pulver handelt es sich um Kokain oder Heroin. Marcel ist ein Drogendealer.«

Mit zitternden Händen umklammerte Sally ihren Fahrradlenker, als sie nach Hause fuhr. Sie wusste, dass Marcels Eltern nicht viel Geld hatten. Sie hatte sich schon immer gefragt, wie er seine teuren Klamotten und sein Styling finanzierte. Jetzt wusste sie es, jetzt kannte sie seine hübsche Nebenverdienstquelle. Alex war gerade abgebogen, bis nach Hause hatte Sally es nicht mehr weit.
Plötzlich hörte sie ein Geräusch hinter sich, es klang wie ein Motorrad. Sie drehte sich um und sah, dass sie sich nicht getäuscht hatte.
Doch der Fahrer machte keine Anstalten, sie zu überholen, sondern fuhr in immer dichterem Abstand hinter ihr her. Es ist Marcel, durchfuhr es sie. Marcel will mich umbringen. Mit letzter Kraft versuchte sie, ihr Tempo zu beschleunigen. Auch er wurde schneller. Panik ergriff sie, sie kam an eine Seitenstraße, bog ein und erkannte mit Entsetzen, dass sie in einer Sackgasse gelandet war. Er überholte sie und als er vor ihr abstieg, traten ihr vor Angst Tränen in die Augen. Sie versuchte zu schreien, doch sie brachte keinen Ton heraus.
»Was ist los, Sally?«
Er nahm den Helm ab, sie blickte in Rays besorgtes Gesicht. Verzweifelt und wütend schnappte sie nach Luft: »Ray, weißt du ... weißt du, wie du mich erschreckt hast?«

»Tut mir Leid«, sagte er gleichgültig. »Was sagst du zu der Maschine? Ich hab sie mir gerade von meinem Vater ausgeliehen.«
Noch immer war sie wütend. »Mann, du hast doch gar keinen Führerschein dafür. Weißt du, was passiert, wenn sie dich damit erwischen?«
Er zuckte mit den Schultern: »Ist mir doch egal. Was hab ich schon noch zu verlieren?«
Seine Worte verbitterten sie. Was war nur aus ihm geworden?
»Was willst du von mir, Ray?«
»Ich will dir was zeigen. Eben war ich bei Saskia zu Hause, ihre Eltern hatten mich zum Kaffe eingeladen und mich gefragt, ob ich bei ihrer Beerdigung ein paar Worte sagen könnte. Bei der Gelegenheit war ich in ihrem Zimmer, da hab ich das hier gefunden.«
Er hielt ihr einen zerknüllten Zettel hin: »Lies ihn, Sally. Es ist Saskias Schrift, da bin ich mir sicher. Ich habe die Schrift mit mehreren ihrer Liebesbriefe verglichen, es gibt kein Vertun.«
Sie las ihn und während des Lesens begann das Blatt in ihrer Hand zu zittern.
Du hast vergessen, die Prozente deiner Drogendealerei bei mir abzuliefern, mein Lieber. Ich habe dich schon letzte Woche einmal daran erinnert und es ist nichts passiert. Jetzt werde ich die Fotos überall herumzeigen, und deine kleinen Geschäfte werden dich teuer zu stehen kommen.

11. Kapitel

Gespannt sah Ray Sally an.
»Und?«, fragte er. »Was denkst du?«
Sie durfte nichts sagen, sie musste versuchen, gleichgültig zu bleiben: »Sieht so aus, als wäre deine Freundin Saskia eine Erpresserin gewesen. Sie hat von jemandem, der mit Drogen dealt, Fotos geschossen. Damit wird sie ihm über einen längeren Zeitraum Geld abgezwungen haben, bis er nicht mehr zahlen konnte. Dann wollte sie ihm das hier schicken, anscheinend hat sie ihm schon vorher damit gedroht. Das hätte sie nicht tun sollen, denn deshalb ist sie nicht mehr dazugekommen, den Brief abzusenden.«
Ray sah sie starr an, sein Blick jagte ihr Angst ein. Seine dunklen, sonst so liebevollen Augen funkelten, als wären sie von einem wütenden Feuer in Brand gesteckt worden.
»Sally, was ist nur in dich gefahren? Du klingst wie eine Kommissarin bei der Spurenanalyse. Erinnerst du dich noch an gestern? Als wir um dein Bett herumsaßen? Du warst kaputt. Kaputt und müde. Ich habe mich gefragt, wieso es gerade dich so mitgenommen hat, denn weder Alex noch Kevin ging es so schlecht. Bei Nina war es verständlich, schließlich war sie diejenige, die Saskia gefunden hat. Aber bei dir? Und was ist jetzt mit dir los? Hast du deinen Kummer von jetzt auf gleich abgeworfen? Es geht hier um eine

Freundin von uns. Um meine Freundin und um jemanden aus deiner Klasse. Wie kannst du das so einfach herunterspielen und gleichgültig Analysen anstellen, als hättest du gerade einen schlechten Krimi gelesen?«

Sie antwortete nicht, denn sie wusste, dass er Recht hatte. Was war es gewesen, was ihr die Resignation und die Apathie genommen hatte? Die Entdeckung, dass sie sich im Besitz der Fotos befand, dass sie somit ein wichtiges Beweisstück besaß und gleichzeitig in Gefahr schwebte? War es die Angst, die ihr Gefühlschaos weggeblasen hatte? Doch sie konnte nichts tun, vor Ray musste sie cool bleiben und wenn das Ganze ihr noch so nahe ging.

»Tut mir Leid«, sagte sie schließlich und senkte den Kopf, um ihn nicht ansehen zu müssen. Er schien darauf hereinzufallen.

»War auch nicht böse gemeint, Sally. Du hast ja Recht, wir müssen gemeinsam überlegen und alle Möglichkeiten durchgehen, ich will ja auch wissen, wer meine Freundin umgebracht hat. Aber eines weiß ich sicher: Ich werde dieses Trauma niemals abschütteln können, und wenn ich den Mörder tausendmal gefunden hätte.«

Still stand sie neben ihm.

»Aber ich glaube, du hast Recht, Sally. Saskia muss eine Erpresserin gewesen sein, sonst hätte sie wohl kaum einen solchen Brief geschrieben. Aber wen kann sie erpresst haben?«

Er weiß es also nicht, dachte sie. Saskia hat ihm kein

Sterbenswort von ihren Machenschaften erzählt und dabei soll ihre Beziehung doch so rosig gewesen sein. Merkwürdig, dass er dazu jetzt keine Bemerkung macht.

»Sorry, Ray, aber ich weiß es nicht.«

Er schien damit nicht zufrieden zu sein. Ahnte er etwas?

»Sally, was weißt du nicht? Lies den Brief. Wir brauchen jemanden, der mit Drogen dealt und zwar müssen das harte Drogen sein, sonst bringt man niemanden deshalb um. Also, kennst du da jemanden?«

Sie zuckte mit den Schultern. »Nein, niemanden.«

Noch einmal sah er sie lange an. Sein stechender Blick zielte genau auf ihre Augen. Seine Mundwinkel zuckten.

»Schon okay«, sagte er plötzlich und drehte sich, ohne noch ein Wort zu sagen, um. Er setzte den Helm auf, blickte noch einmal zu ihr zurück und fuhr dann, so schnell es ihm sein Motorrad erlaubte, davon.

Sie atmete auf. Sie wusste nicht wieso, aber sie war froh, ihn los zu sein.

Er war irgendwie anders gewesen als sonst. Viel leichter reizbar und so fordernd. Wie ein Tiger auf Beutesuche, dachte sie. Warum hatte er ihr den Brief gezeigt? Um ein Geheimnis mit ihr zu teilen? Nein, er hatte es nur getan, um Informationen aus ihr herauszubekommen. Informationen, die ihn auf irgendeinen Pfad bringen sollten, auf den Pfad von Saskias Mörder. Doch sie hatte ihn abblitzen lassen und daraufhin war er weggefahren. Was hatte er überhaupt erwartet? Dass sie jemanden kannte, der harte Drogen verkaufte? Anscheinend kannte er selber niemanden, von Marcel schien er es jedenfalls nicht zu wissen. Denn bestimmt hätte auch ihm kein Täter besser in den Kram gepasst als Marcel, sein großer Leichtathletikwidersacher, in dessen Schatten er immer stand und der keine Gelegenheit ausließ, ihn zu übertrumpfen. Ja, über eine Festnahme Marcels wäre Ray sicher nicht traurig gewesen.

Vermutlich war es besser, zu Ray in den nächsten Tagen etwas Distanz zu halten, er war einfach unberechenbar geworden, besonders dann, wenn er seinen Willen nicht bekam. Und sie wusste nur zu gut, dass sie ihm das mit den Fotos auf keinen Fall sagen konnte. Sie malte sich aus, wie er reagiert hätte, wenn sie ihm gestanden hätte, dass sie im Besitz der Fotos war, im Besitz der so verhängnisvollen Fotos.

Doch durch den Erpresserbrief war nun endgültig klar, was sie für eine Bedeutung hatten. Jetzt stand es fest, die Dinge wurden klar und das Puzzle fügte sich zusammen. Alles war mit einem Male ziemlich logisch. Saskia war Marcels Drogengeschäften auf die Spur gekommen und hatte ihn erpresst. Und zwar solange, bis es ihm zu bunt geworden war. Da hatte er den Mord geplant und ihr und den anderen durch Ray ausrichten lassen, er sei nicht in der Stimmung, um zur Schülerfete zu kommen, damit kein Verdacht auf ihn fiel. Doch er war trotzdem da gewesen, hatte gewartet, bis sie herauskam und sie dann umgebracht. Doch woher hatte er gewusst, dass sie kommen wür-

de? Marcel konnte nicht lange vor dem Dance House gestanden haben, sonst hätte er riskiert, gesehen zu werden, also musste er irgendwie gewusst haben, dass Saskia um Mitternacht zur Mauer kommen würde. Doch was hatte Saskia tatsächlich draußen gewollt?
Sie fühlte, dass es noch einige Dinge gab, die ihr bei der ganzen Sache nicht behagten. Plötzlich merkte sie, dass sie immer noch wie angewurzelt auf der Straße stand. Mühsam riss sie sich von ihren Gedanken los und ging zu ihrem Fahrrad. Sie fuhr langsam nach Hause. Ich kann nicht mehr nachdenken, dachte sie. Es macht mich nur fertig, ich muss den Dingen einfach ihren Lauf lassen.
Warum war sie so in diesen Strudel der Ermittlungen hineingezogen worden? Dabei war von ihr kaum eigene Initiative ausgegangen, bisher hatte Alex sie dazu gebracht. Und jetzt Ray. Sollte sie sich dagegen wehren? Sie wusste es nicht. Und auch wenn sie es gewusst hätte, was hätte das schon geändert? Nein, am Samstagabend war etwas in ihr Herz eingedrungen, dass sie nicht mehr los ließ und nun anfing, sie Stück für Stück von innen zu zerfetzen.
Sie sah ihr Haus, und sie sah, dass jemand davor stand. Nach wenigen Sekunden erkannte sie Kevin. Was konnte er bloß von ihr wollen? Viel lieber wäre sie jetzt allein gewesen. Als er sie begrüßte, bemerkte sie, dass es bereits dämmerte.

12. Kapitel

»Hey, Sally, kann ich kurz mit dir reden? Es ist wirklich dringend.«

Reiß dich zusammen, dachte sie. Kevin durfte keinesfalls mitkriegen, wie es ihr ging, bis morgen Mittag musste sie noch stark bleiben. Solange, bis die Fotos bei der Polizei waren.

Sie nickte und zwang sich zu einem Lächeln: »Klar, komm mit rein.«

Er ließ sich Zeit. Als sie ihr Zimmer betraten, setzte er sich ihr gegenüber in den Schaukelstuhl und sah sie prüfend an. Sie hatte die Lampe neben sich eingeschaltet, er jedoch saß außerhalb ihrer Reichweite. Man konnte bei seinem sonst so leuchtenden roten Haar kaum eine Farbe ausmachen, auch seine Sommersprossen wurden vom Halbdunkel verschluckt. Nur die weiße Haut seiner Arme, die er auf die Lehnen gelegt hatte, gab einen schwachen Schimmer des Lichtes von sich.

Die Situation war ihr unangenehm, sie wusste selber nicht wieso.

»Also Kevin, was wolltest du mit mir bereden?«

»Es geht um Saskia«, begann er so langsam er konnte.

»Und?«

»Ray, war vorhin bei mir«, sagte Kevin. »Er kam gerade von einem Kaffeekränzchen bei Saskias Eltern, bei der Gelegenheit hat er etwas sehr Interessantes

gefunden. Und zwar einen von Saskia verfassten Erpresserbrief, in dem sie damit gedroht hat, gewisse Fotos herumzuzeigen.«
Also doch, sie hatte Recht gehabt. Die Tatsache, dass er Kevin den Brief ebenfalls gegeben hatte, zeigte, dass Ray ihr keineswegs mehr als den anderen vertraute.
»Ja, ich weiß, ich kenne das Schriftstück, er hat es mir auch gezeigt.«
»Hab ich mir gedacht«, ertönte die leise Stimme aus dem Halbdunkel.
Seine coole und langsame Art machte sie wütend. Sollte er doch endlich auf den Punkt kommen, wenn er etwas mit ihr zu bereden hatte. »Und? Was willst du also?«
Sie wusste nicht, ob es ihr nur so vorgekommen war, aber sie glaubte, ein leises Kichern gehört zu haben.
»Ich will mit dir darüber sprechen, was Saskia dazu veranlasst hat, den Brief nicht mehr abzusenden.«
»Sehr schwer«, entgegnete sie zynisch. »Ich könnte mir vorstellen, weil ihr Mörder sie vorher umgebracht hat.«
Er kicherte.
»Bravo, Madame. Aber die Frage ist doch: Warum hat er sie umgebracht?«
Genervt hob sie die Hände: »Was weiß denn ich? Vermutlich hat sie ihm schon vorher gedroht und er wollte kein Risiko eingehen.«
»Was glaubst du?«, fragte er lauernd. »Womit hat sie ihm gedroht? Damit, die Fotos herumzuzeigen?«

»Könnte sein.«
»Das glaube ich nicht. Denn dann hätte er sie nicht auf der Schülerfete umgebracht. Überleg mal, er musste doch um jeden Preis die Fotos in seinen Besitz bringen. Hätte sie ihm mit den Fotos gedroht, wäre er zum Beispiel mal bei ihr vorbeigekommen, hätte sie dann getötet und die Fotos mitgenommen. Hier hat die Polizei es nicht getan, doch jeder Mörder muss damit rechnen, dass die Polizei das persönliche Zimmer des Opfers durchsucht. Sofort wären sie auf die Fotos gestoßen und das hätte er nicht riskieren können. Sind wir uns da einig?«
Seine Stimme klang überlegen. Mit Unbehagen bemerkte sie, dass er sich auch so gab. Er lehnte in der Ecke wie ein Polizist und stellte ihr Fragen. Warum antwortete sie überhaupt? Damit sie ihn so schnell wie möglich wieder los wurde?
»Ja, Kevin, sind wir.«
»Dann weiter. Sie hat ihm nicht mit den Fotos gedroht und auch ihr Brief hat sein Ziel niemals erreicht. Das bedeutet doch, er wusste gar nicht, dass dieses Beweismittel überhaupt existiert. Warum hat er sie dann umgebracht?«
Ja, er hatte eigentlich Recht. Wenn sie nicht so müde gewesen wäre, hätte sie gerne das Ganze mit ihm überlegt. Aber jetzt?
»Keine Ahnung, ich weiß es nicht.«
»Was ist ein Mord?«, fragte er plötzlich. »Warum tut man so etwas?«
»Man stellt seinen eigenen Anspruch über das ethi-

sche Recht«, sagte sie. Ihr Religionslehrer hatte das einmal gesagt. Seltsamerweise hatte sie das nie vergessen.
Nach einer Weile antwortete er.
»Du hast Recht, doch dummerweise ist das in unserer Gesellschaft nicht erlaubt. Und das weiß jeder Mörder. Er überlegt sich alles vorher ganz genau. Jeder, der einen perfekten Mord plant, wägt zunächst einmal ab, was er gewinnen und was er verlieren kann. Wenn sie ihn schnappen, wird er sein Leben im Knast verbringen, er setzt also sein Leben aufs Spiel. Und das tut man nicht für irgendwas.
Gehen wir also noch einmal zurück. Unser Mörder wird von Saskia erpresst. Dann bringt er sie um. Und das nur, weil er keine Lust mehr hat zu zahlen? Ich meine, er kann sie ja auch erst mal verprügeln oder so, aber muss er sie gleich ermorden? Ist das logisch?«
»Nein«, sagte sie, um ihn zufrieden zu stellen. Sie wünschte sich in diesem Moment nur, er möge endlich aufhören. Er sprach die ganze Zeit betont langsam, was er sonst nie tat. Aus irgendeinem Grund hatte sie das Gefühl, dass er sie nach und nach zermürben wollte.
»Gut, Sally. Dann sind wir schon so weit, dass wir wissen, dass er sich doch irgendwie bedroht gefühlt haben muss. Aber wodurch? Nicht vielleicht doch durch die Fotos?«
Sie verdrehte die Augen.
»Mensch, hast du nicht eben gesagt, dass ...«
»Ja, so gesehen war das ja auch richtig. Wenn er sicher

gewesen wäre, dass irgendwelche Fotos existieren, dann hätte er sie in der Tat nicht auf der Fete umgebracht. Was bleibt uns noch? Die Möglichkeit, dass sie es ihm zwar gesagt, er ihr jedoch nicht geglaubt hat. Sie hat ihm mit den Fotos gedroht, er jedoch hat es für einen Bluff gehalten. Wahrscheinlich war er am Tag der Schülerfete noch bei ihr, hat ihr ganzes Zimmer gründlich durchsucht und als er keine Fotos fand, war er sich sicher, dass es ein Bluff war.«

Zum ersten Mal in diesem Gespräch hatte sie ein wenig aufgehorcht. Ja, was Kevin da von sich gab, war verdammt intelligent. Es hätte sie nicht gewundert, wenn es sich genauso abgespielt hätte.

»Ja, deine Theorie hat was für sich.«

Kevin begann, langsam mit seinem Stuhl zu schaukeln. Eine sich bewegende Masse in der Dunkelheit. Ein Schatten. Ein Schatten wie im Reich der Toten.

»So«, sagte er zufrieden. »Jetzt bleibt nur noch die Frage. War es nun ein Bluff oder nicht?«

»Keine Ahnung, was meinst du?«

Er schüttelte den Kopf.

»Ich meine nein. Denn jeder, und so auch Saskia wusste genau, dass Erpressung ein gefährliches Spielchen ist, was genauso gut böse enden kann. Da erlaubt man sich keinen Spaß und man greift auch nicht zu irgendwelchen überflüssigen Bluffs. Nein, auch Saskia kannte die Risiken. Sie hätte das nicht getan.

Und jetzt. Es war also kein Bluff, und doch hat er die Fotos in ihrer Wohnung nicht gefunden. Die Frage ist. Wieso nicht?«

Weil Saskia sie weitergegeben hat, schoss es ihr durch den Kopf. Und da begriff sie, weshalb Kevin wirklich hergekommen war. Er hatte sich seine Theorie reiflich überlegt und war zu dem Schluss gekommen, dass Saskia das Beweismaterial vor ihrem Tod weitergegeben hatte. Und dann war er wahrscheinlich auf sie, Sally, gekommen. Er ahnte, dass sie im Besitz der verhängnisvollen Fotos war und wollte nun das Ganze aus ihr herauspressen. Und er hatte es fast geschafft, er hatte sie mit seiner Fragerei in die Ecke gedrängt. Nun musste sie sich schwer zusammenreißen, kein falsches Wort durfte über ihre Lippen kommen. Auf keinen Fall durfte er davon erfahren.
»Wahrscheinlich hat Saskia die Fotos irgendwo versteckt«, antwortete sie.
Er schüttelte den Kopf: »Nein, denn er hätte sie mit Sicherheit gefunden. Ich glaube, sie hat sie weitergegeben. Ich habe eben schon gesagt, Saskia wusste um die Risiken eines Verbrechens wie der Erpressung. Und so musste sie sich absichern. Der Groschen war gefallen, sie wollte ihn auffliegen lassen, das steht in dem Brief, den sie geschrieben hat. Doch sie musste sichergehen, dass er ihr nichts antun konnte. Und deshalb hat sie die Fotos irgendwem anvertraut. Und dieser Jemand ist jetzt in ihrem Besitz. Und wenn der Mörder nicht schnellstens gefasst wird, könnte er davon Wind bekommen. Und dann ist der Besitzer der Bilder so gut wie tot.«
Sie ergab sich dem Bombardement seiner Fragen und dem Messer in seiner Stimme, das die Schale ihres in-

neren Widerstandes nun Stück für Stück entfernte. Es war nun auch zu spät, ihn hinauszuwerfen, denn er hätte den Braten sofort gerochen. Es gab keinen Ausweg mehr, sie musste einfach warten, bis er fertig war.
»Soweit wird es nicht kommen, mein Lieber. Denn du hast vergessen, was auf den Fotos drauf ist. Nämlich der Mörder bei seinen Drogengeschäften. Und wenn der Besitzer seine Fotos entwickelt hat, dann wird er sich die Bildchen mal ansehen und damit wohl zur Polizei gehen. Und dann kann ihm der Mörder nichts mehr anhaben.«
Er lachte geringschätzig.
»Das weiß man nie. Vielleicht bedürfen die Bilder auch einer Erklärung, die nur Saskia hätte geben können. Ach ja, da ist ja noch etwas. Was glaubst du eigentlich, wer sie umgebracht hat? Wer ist der Jemand, den sie erpresst hat? Wer ist ihr Mörder?«
Sie atmete auf, endlich drehte sich das Gespräch in eine andere Richtung.
»Ich weiß es nicht, aber es heißt ja, jemand, den Saskia gut kannte.«
Erneut lachte er. »Ja, soweit waren wir am Sonntagmorgen schon. Aber jetzt wissen wir mehr. Wir wissen, dass er mit Drogen dealt. Wer dealt denn mit Drogen, weißt du das zufällig?«
In diesem Moment hasste sie ihn. Sein wichtigtuerisches Gehabe, seine Fratze, die sie nur im Halbdunkel erkennen konnte, seine durch und durch süffisante Art mit der er sich sich nur wichtig machen wollte.
»Nein, weiß ich nicht.«

»Marcel«, sagte er. Jeden Buchstaben dieses Namens sprach er aus, es hörte sich an, als hätte er ihn herauspressen müssen. Doch es klang überzeugt. Scharf und überzeugt.
»Marcel. Und das schon seit längerem, Sally. Wusstest du das nicht?«
Sie schüttelte den Kopf. »Nein, niemand wusste es. Glaubst du, er ist der Mörder?«
»Ich glaube es nicht, ich weiß es.«
Er hatte also auch ein großes Interesse daran, Marcel in den Knast zu bringen. Aber warum? Weil er ihn allgemein nicht leiden konnte, und weil er sich Ray gegenüber so unsportlich benommen hatte? Oder gab es noch etwas anderes, von dem sie nichts ahnte?
»Woher willst du das denn wissen?«
Sie konnte seinen Atem hören. Ein paar Sekunden lang.
»Woher ich es weiß? Ich hab es gesehen.«
Sie glaubte, sich verhört zu haben.
»Kevin, was hast du?«
Er stand aus dem Sessel auf. Erst jetzt merkte sie, dass sie beide sich die ganze Zeit kaum bewegt hatten. Kevin begann, im Zimmer auf und ab zu gehen. Er trat ins Licht und sie sah sein Gesicht. Seine blauen Augen sahen genauso lieb aus wie sonst, und ein Außenstehender hätte nichts Besonderes festmachen können. Aber sie sah, dass ein feines kaum bemerkbares Lächeln seine Mundwinkel umspielte. Doch es kam ihr hinterhältig und verschwörerisch vor. Plötzlich fixierte er sie: »Ja, du hast schon richtig gehört. Ich hab

gesehen, wie Saskia hinausgegangen ist, da bin ich ihr gefolgt. Draußen stand Marcel, und die beiden sind in das Gebüsch zur Mauer. Als Marcel wiederkam, dachte ich mir meinen Teil und sah nach. Und da lag sie – tot. Genauso, wie Nina sie dann später aufgefunden hat.«

Ihre Müdigkeit verwandelte sich in Schwindelgefühle. Sie konnte nicht glauben, was er da sagte. Sollte er im Ernst alles beobachtet haben, über alles im Bilde sein und weder ihnen noch der Polizei ein Wort gesagt haben?

»Ich glaube dir nicht«, sagte sie. »Wenn alles so war, wie du es mir hier verkaufen willst, warum ist Saskia dann überhaupt rausgegangen und warum bist du ihr gefolgt?«

Er runzelte die Stirn. »Oh, das kannst du dir nicht denken? Er hat sie auf dem Handy angerufen. Saskia telefonierte und ich war gerade in der Nähe. Dann sagte sie mir, sie müsse kurz runter und ich sollte auf ihre Sachen aufpassen. Auch das Handy drückte sie mir in die Hand. Ich hatte da schon ein komisches Gefühl und obwohl ich wusste, dass es nicht in Ordnung war, schaute ich das Nummernverzeichnis durch und da sah ich, dass Marcel angerufen hatte. So schnell ich konnte, folgte ich ihr – und den Rest kennst du ja.«

Er hatte nicht mehr langsam gesprochen, und er wirkte auch nicht mehr so arrogant wie vorher. Sie hatte seine Augen gesehen, funkelnde Augen, gierig, diese Geschichte loszuwerden. Aber es klang glaubhaft. Sie hätte sich am liebsten an den Kopf gefasst, dafür, dass sie nicht selbst auf die Idee mit dem Handy gekommen war.

»Glaubst du mir jetzt, Sally?« Er stellte sich vor sie und sah sie herausfordernd an.

»Nein, ich glaube dir nicht«, antwortete sie mit sicherer Stimme. »Ich halte es für ausgeschlossen, dass du das alles beobachtet haben willst, aber trotzdem der Polizei nichts gesagt und uns die ganze Zeit Theater vorgespielt hast. Außerdem weiß ich genau, dass du Marcel nicht leiden kannst. Was für einen Grund hättest du also, seine Festnahme zu verzögern, zumal er ja angeblich so gefährlich ist?«

Er drehte sich um und setzte sich erneut in den Schaukelstuhl. Jetzt verschloss ihn das Dunkel wieder, hohen Gräsern gleich, die das Raubtier vor seinem Opfer verbergen. Sie merkte, dass sie Angst hatte. Angst vor jemandem, mit dem sie einmal sehr gut befreundet gewesen war. Als Kevin weiterredete, hatte seine Stimme wieder den überlegenen, selbstsicheren und zermürbenden Klang von vorhin.

»Der Grund, Sally, ist ein ganz persönlicher. Ich will mir Klarheit über diesen ganzen Fall verschaffen. Ich weiß, Marcel hat Saskia umgebracht, da gibt es keinen Zweifel mehr, was ich gesehen habe, habe ich gesehen. Nur ich bin mir nicht im Klaren, ob ich mit meinen ganzen Vermutungen über seine Motive richtig liege. Natürlich klingt alles sehr logisch, doch ich bin mir nicht sicher, ob nicht etwas ganz Anderes dahintersteckt. Und für diese Klarheit brauche ich die Fo-

tos, denn ich spüre einfach, dass es jemanden gibt, der sie hat.«
Sie konnte seine Augen nicht erkennen, doch sie ahnte, dass er es wusste. Aber sie grinste ein wenig in sich hinein, denn sie merkte, dass es ihm trotz aller Bemühungen und Einschüchterungsversuche nicht gelang, ein endgültiges Geständnis aus ihr herauszupressen.
»Hast du die Fotos, Sally?«
Sie war vorbereitet.
»Nein, hab ich nicht. Wieso hätte Saskia sie mir auch geben sollen, mich mochte sie am allerwenigsten. Sie hätte vielleicht Ray oder Nina davon erzählt, aber bestimmt nicht mir.«
Darauf schien er keine Antwort zu wissen.
»Bist du nur deswegen gekommen, Kevin? Nur, um mich zu fragen, ob ich im Besitz von Beweismaterial bin?«
»Nein«, kam es zurück. »Ich wollte dir nur helfen, denn ich hab mir Sorgen um dich gemacht. Du weißt, dass ich nicht zur Polizei gehen werde, ehe ich die Fotos in den Fingern habe. Du kannst nicht dorthin gehen, denn du hast nichts in der Hand. Ich kann alles abstreiten und Marcel kann alles abstreiten, du hättest keine Chance.
Allerdings bist du meine Freundin und ich weiß genau, dass der Besitzer der Fotos in Lebensgefahr schwebt. Aber da du es ja nicht bist, ist die Sache geklärt.«
Ihr wurde übel. Das sollte einmal ein guter Freund

gewesen sein? Ein gutmütiger und liebenswerter Junge? Diese schwarze Gestalt dort drüben, die ihr Gesicht verbarg, berechnend, kalt und nur mit dem Bedürfnis beschäftigt, einen Fall selber aufzuklären? Bedeutete ihm ihre Freundschaft überhaupt nichts mehr? Sie konnte es nicht begreifen. Sie verstand nicht, was die Schülerfete aus allen ihren Freunden gemacht hatte: Neugierige, Verrückte. Mit nur einem Ziel, nämlich den Mörder zu finden. Doch woran lag das? War das einfach eine Panikreaktion? Das Bedürfnis, dem ganzen Schrecken ein Ende zu bereiten?
»Ich werde jetzt gehen, Sally. Danke, dass du mir so lange zugehört hast, du siehst ziemlich müde aus.«
Er stand auf und verließ ihr Zimmer. Wie paralysiert blieb sie in ihrem Stuhl sitzen, unfähig sich zu rühren.
»Schlaf gut, Sally!«, rief er von unten herauf.
»Ich komme noch runter«, hörte sie sich leise sagen.
Er schien es nicht mehr gehört zu haben, denn als sie unten ankam, war er schon gegangen. Todmüde schleppte sie sich wieder hinauf. Ihr wurde heiß und schwindelig, die Augen fielen ihr zu, sie ließ sich aufs Bett fallen.
Und dabei wäre es besser gewesen, sie hätte noch einmal einen Blick in die Diele geworfen, denn dann hätte sie bemerkt, dass der Schlüsselkasten offen stand. Und beim Hineinschauen wäre ihr wahrscheinlich sofort aufgefallen, dass der Hausschlüssel fehlte.

13. Kapitel

Auf einmal wachte Sally auf, ein plötzliches Zucken durchfuhr sie. Sie hoffte, es sich eingebildet zu haben, doch sie hatte ein Geräusch gehört.
Es kam unten aus dem Wohnzimmer. Ein Geräusch, als würde jemand die Wohnung durchstöbern. Mit Entsetzen bemerkte sie, dass ihre Zimmertür offen stand. Sie sah sich um, auch ihr ganzes Zimmer war durchwühlt.
»Er war schon hier«, flüsterte sie, die Angst schnürte ihr die Kehle zu.
Mit letzter Hoffnung sah sie sich nach ihrem Handy um, als ihr einfiel, dass sie es gestern Abend im Keller gelassen hatte.
Sie wusste, dass ihr Leben auf dem Spiel stand. Sie sah ein Messer auf ihrem Schreibtisch liegen, zitternd umschlossen ihre Hände den Griff. Stufe für Stufe schlich sie die Wendeltreppe hinunter, sie hielt den Atem an. Immer näher kam sie dem Eindringling, bis sie ins Wohnzimmer hineinsah und ihn erblickte. Er stand am Küchentisch und durchsuchte gerade eine Schublade, die er aus der Kommode herausgerissen haben musste. Sie konnte nicht erkennen, wer es war, nur ansatzweise eine Gestalt und ihre Bewegungen erahnen.
Nimm dich zusammen, dachte sie. Es geht um dein Leben. So leise sie konnte, näherte sie sich dem Un-

bekannten. Dann hielt sie ihm das kalte Eisen an den Rücken.
»Keine Bewegung oder du stirbst«, sagte sie grimmig.
Gehorsam erhob er seine Hände.
»Wer bist du?«, stieß sie hervor.
»Tu mir nichts, Sally.«
Ein Schock. Und gleichzeitig ein plötzlich entflammender Zorn. Es war Kevins Stimme, die Stimme des Heuchlers, der um Gnade flehte. Mit aller Kraft rammte sie ihm den Griff ihres Messers in den Rücken. Mit einem Schrei ging er zu Boden. Als sie das Licht anmachte, erkannte sie sein schmerzverzerrtes Gesicht. Und sie lachte innerlich. Noch einmal schlug sie zu, diesmal traf sie ihn im Gesicht, seine Nase begann zu bluten. Zähnefletschend beugte sie sich über ihn.: »Was machst du hier, du mieses Schwein?«
Sie packte ihn an seinem T-Shirt und schüttelte ihn.
»Rede! Was tust du hier?«
Als sie ihren Griff lockerte, wischte er sich das Blut aus seinem Gesicht, seine Hand färbte sich rot davon.
»Tut mir Leid, Sally.« Sie erkannte, dass er Mühe hatte, zu sprechen. »Es tut mir Leid, doch ich wollte mit den Fotos nicht bis morgen warten, ich wollte sie jetzt.«
Sie lachte verächtlich.
»Da hättest du lange suchen können, sie sind nicht hier. Bereits am Sonntag habe ich sie zum Entwickeln ins Fotogeschäft gebracht.«
Ein überlegenes Lächeln huschte über sein Gesicht.
»Du hast die Fotos also doch.«

Da begriff sie, dass sie in seine Falle gegangen war, nun war es zu spät. Es war doch so gekommen, wie sie es verzweifelt zu verhindern versucht hatte. Jetzt wusste er es. Jetzt war sie wirklich in Gefahr.

»Warum hast du es mir gestern nicht erzählt, Sally? Ich habe dies alles nur getan, weil ich uns helfen wollte. Ich brauche die Fotos, sie sind lebenswichtig für uns. Und du, meine Freundin, hast sie mir vorenthalten.«

Ihre Mundwinkel zuckten, am liebsten hätte sie ihn angespuckt.

»Wir sind keine Freunde mehr, Kevin. Zwischen uns ist alles aus. Und bald wirst du der Polizei diese kleine nächtliche Aktion erklären müssen.«

»Vielleicht«, sagte er düster. »Wenn du nicht vorher tot bist. Denn auf mich kannst du zählen, ich werde dicht halten, ich erzähle niemandem etwas davon, dass du die Fotos hast. Meldest du es aber bei der Polizei, so wird es zwangsläufig unsere Klassenstufe innerhalb weniger Stunden erfahren. Und was dann passieren wird, weißt du ja.«

Eine Gänsehaut lief ihr über den Rücken, doch sie durfte sich nichts anmerken lassen.

»Du irrst dich, Kevin. Denn freundlicherweise hast du mir ja selbst verraten, dass es Marcel gewesen ist. Ich werde dich zusammen mit Marcel anzeigen und dann werden sie euch beide verknacken.«

Kevin hatte aufgehört zu bluten.

»Da wäre ich mir nicht so sicher. Ich werde ganz einfach abstreiten, den Mord beobachtet zu haben und

dann hast du gegen Marcel nichts mehr in der Hand.«
»Doch«, entgegnete sie wütend. »Sie werden ihn zumindest wegen dieser Drogensache dabehalten. Und dann hast du das mit dem Erpresserbrief vergessen. Mittlerweile spricht genug gegen Marcel, es reicht für eine Festnahme.«
»Nein, denn der Erpresserbrief existiert nicht mehr. Als Ray ihn mir zeigte, hab ich ihn verschwinden lassen. Wir fanden ihn nicht wieder, anschließend habe ich ihn unserem Kamin zu fressen gegeben. Und ohne dieses Beweisstück werden sie auf deine Aussage nicht bauen.«
Es ist unglaublich, dachte sie. Wie kann sich Kevin so schnell von dem Schrecken erholen, den ich ihm verpasst habe? Wie kann er so klar denken und so flüssige Sätze hervorbringen? Hat er sich alles vorher überlegt? Hat er damit gerechnet, dass ich ihn überrasche, damit er mir jene Falle stellen konnte?
Diese Gedanken schwirrten durch ihren Kopf, als sie sein Gesicht sah, das bereits wieder überlegen grinste. Er war nicht einmal bleich, sein Gesicht hatte so viel Farbe, dass seine Sommersprossen fast vollständig darin verschwanden. Das ganze Blut hatte er mit seinen Fingern abgetupft.
»Überleg es dir gut, Sally. Ich rate dir, es nicht zu tun.«
»Verschwinde«, sagte sie langsam. »Ich hasse dich.«
Wortlos erhob er sich, bei der Tür drehte er sich noch einmal um.
»Ich wollte uns helfen, Sally. Wenn das alles vorbei ist

und Marcel für den Mord an Saskia im Gefängnis sitzt, wirst du mich vielleicht verstehen.«
Seinen Worten konnte sie entnehmen, dass er das Ganze nicht im Mindesten bereute. Sein Gesichtsausdruck war fest und entschlossen, ruhig sah er sie an, stand auf und verschwand aus dem Haus.
Erst als sie das Schlagen der Haustür hörte, kam sie wieder zu sich. Sie wusste, dass sie keine Chance hatte, zu entkommen. Mit ihrer letzten Energie erreichte sie das Telefon.
»Alex, bitte komm vorbei.« Es war alles, was sie ihrer besten Freundin noch sagen konnte, bevor ihr der Hörer entglitt und sie zu Boden sank.
Es gelang ihr noch, Alex die Tür zu öffnen. Dann wurde sie von einem Heulkrampf gepackt, der ihren ganzen Körper erfasste. Dass Alex sie nach oben trug, dass sie ihr über die Wange strich und mit ihr redete, dass sie sich selber eine Matratze holte, um bei ihr im Zimmer schlafen zu können, nahm Sally kaum mehr wahr.
Alles in ihr zog sich zusammen, es schmerzte, sie konnte nicht aufhören zu schluchzen und immer neue Tränen zu vergießen. Sie weinte und weinte, von ihrer ausgestandenen Angst getrieben, gleich einem Reh, das ein Rudel Hunde zu Tode hetzt.

15. Kapitel

Ein Blick auf die Anzeige ihres Radioweckers genügte Sally, um festzustellen, dass die Schule schon lange angefangen hatte. Doch es machte sie nicht viel munterer, im Gegenteil. Sie fühlte sich erschöpft und wie gerädert. Resignierend ließ sie sich in ihr Kopfkissen zurückfallen.

Zwangsläufig blickte sie in das Gesicht von Brad Pitt, sie fühlte einen Stich in der Magengegend, als sie es merkte. Grinsend sah er auf sie herab. Sein Blick hatte den Ausdruck, als ob er nichts und niemanden außer seinem Glück an sich heranließe. Er ist so widerlich oberflächlich, dachte sie. Er verkörpert das pure Glück, und weil wir jungen Teenies ihm das abkaufen, werden wir selber genauso oberflächlich wie er auf diesem Foto. Interessierte sich irgendeine dieser Fantussis dafür, was ihr Schwarm dachte, fühlte, und was in seinem Kopf vorging? Nein, das tat niemand. Es ging immer nur um seine ach so süßen Augen und um seinen geilen Body. Emotionen passten überhaupt nicht in diese Kultur. In diesem Moment hasste sie das Poster, am liebsten hätte sie es auf der Stelle heruntergerissen. Doch sie wusste, dass sie dazu nicht die Kraft gehabt hätte.

Was hatte sie nur in dieser Nacht durchmachen müssen. Kevin, früher einer ihrer besten Freunde, war in ihr Haus eingedrungen, hatte es auf den Kopf gestellt,

alles durchwühlt, hatte sie überrumpelt und verarscht und bereute dies nicht einmal. Es war einfach zuviel für sie gewesen, viel zuviel, um es ertragen zu können. Wann war das alles hier endlich vorbei? Seit Samstag drehten alle durch, doch es war so ungewöhnlich. Es war nicht das, was man nach dem Tod einer Freundin erwartete, sondern jeder benahm sich auf eine andere Art sonderbar.
Ray hatte sich völlig verändert, er schien ihr unberechenbar und jähzornig. Bei ihm konnte sie es noch am besten verstehen, schließlich war es seine Freundin, die ums Leben gekommen war. Dann Kevin. Er hatte sich als niederträchtig und hinterhältig herausgestellt und warum? Wahrscheinlich, weil er der große Held der Geschichte sein wollte, der große Held, der alles aufklärt und alle vor dem bösen Mörder rettet. Das war ihm sogar wichtiger als seine Freundschaft zu ihr und den andern, ja, er war sogar indirekt bereit gewesen, ihrer aller Leben aufs Spiel zu setzen. Doch eines verdankte sie ihm, und das war die Gewissheit, dass Marcel der Richtige war. Alles passte, alles war logisch, und Kevins Erzählung vom Hergang des Mordes klang absolut plausibel. Marcel hatte gelogen, als er gesagt hatte, er sei an dem Abend der Schülerfete zu Hause gewesen, er war es gewesen, der mit ihr gechattet hatte und er war der einzige aus ihrer Clique, dem sie einen Mord sofort zutraute. Ja, es gab keinen Zweifel mehr, sie musste Marcel bei der Polizei anzeigen.
Sie nahm sich vor, nach der Schule zunächst die Fotos

abzuholen und anschließend zur Polizei zu gehen, um dort alles zu erzählen. Zumindest würden sie Marcel wegen Besitzes harter Drogen festnehmen, dann hatten sie wenigstens etwas mehr Ruhe. Und die entwickelten Fotos würden den letzten Beweis bringen, die letzte Sicherheit, auf die man sich stützen konnte. Sollte sie Alex mitnehmen?
Liebevoll sah sie auf ihre beste Freundin hinunter, die noch immer schlief. Ja, sie war wirklich wunderschön. Alex galt als das begehrteste Mädchen der ganzen Stufe, Sally konnte das gut verstehen. Auch Alex hatte sich seit der Schülerfete mit ihrem krankhaften Bedürfnis, Sally Marcel als Täter zu präsentieren, verdächtig gemacht. Doch wie es aussah, hatte sie mit allem Recht gehabt. Außerdem wusste Sally es zu schätzen, dass Alex in dieser Nacht hergekommen war. Immerhin war es zwei Uhr gewesen und doch hatte Alex versucht, sie die halbe Nacht lang zu beruhigen. Als es ihr schließlich gelungen war, hatte sie Fragen gestellt, was los gewesen sei und ob sie etwas tun könne. Sally war sich elend vorgekommen, doch sie hatte allen Fragen ihrer Freundin ausweichen und sie anlügen müssen, denn auch Alex durfte nichts von den Fotos erfahren. Es war schon schlimm genug, dass Kevin davon wusste. Irgendwann hatte Alex es dann aufgegeben und sich mit Sallys einsilbigen und wirren Antworten zufrieden gegeben.
»Sally?« Langsam öffnete Alex ihre Augen. Ihre Stimme klang sanft und lieblich. Sie stand auf und legte Sally behutsam den Arm um die Schulter.

Wie geht es dir, Süße?«, fragte sie.
Sally konnte nicht anders als zu lächeln.
»Ganz gut. Wir sind ein wenig spät dran, findest du nicht?«
Alex drückte sie an sich und lachte.
»Hey, wen interessiert das schon? Wir können ja immer noch hingehen.«
Alex ging in die Küche und biss in einen Apfel hinein. Genüsslich kaute sie. Ihre gute Laune begann, Sallys Erschöpfung und ihre Müdigkeit zu vertreiben.
»Da gibt es wenigstens ein wenig Ablenkung für uns beide, Sally. Dort kann uns nichts passieren. Außerdem kannst du mir dann auf dem Schulweg mal ganz genau erzählen, was gestern vorgefallen ist. Keine Ahnung, ob du dich erinnerst, aber ich hab dich gestern mehrmals danach gefragt, doch du hast nur wirres Gefasel von dir gegeben. Also, gehen wir?«
Es ging ihr tatsächlich besser, als sie an der frischen Luft auf ihrem Fahrrad neben Alex her fuhr. Der kühle Wind wehte ihr ins Gesicht und taute ihre eingeschlafenen Sinne nach und nach auf.
»Also, Sally. Was war gestern Abend los?«
»Ich bin plötzlich aufgewacht und habe unten ein Geräusch gehört. Ich habe mir ein Messer genommen, bin runter gegangen und da habe ich Kevin gesehen, der sich an meinen Schubladen zu schaffen gemacht hatte. Ich bedrohte ihn und schlug ihn zu Boden, doch er bereute seine Tat nicht einmal und was er gesucht hat, konnte ich auch nicht aus ihm herauskriegen.«

Alex sah sie fassungslos an: »Kevin hat bei dir eingebrochen? Heute Nacht? Was in aller Welt kann er dort gewollt haben? Und du, warum hast du nicht sofort die Polizei verständigt? Warum musstest du ihn zuerst selbst bedrohen?«
»Ich hatte keine Wahl, mein Handy lag nicht mehr in meinem Zimmer, ich hab es gestern im Keller vergessen. So blieb mir nur noch unser Festnetztelefon, doch das steht im Wohnzimmer. Und genau da befand er sich auch.«
Alex schüttelte den Kopf, sie schien es noch immer nicht glauben zu können.
»Wir müssen zur Polizei, Sally. Was er getan hat, ist Wohnungseinbruch, darauf steht Freiheitsstrafe. Er kann doch nicht ungeschoren davon kommen. Begreifst du das nicht?«
Sally hob die Augenbrauen und sah Alex skeptisch an: »Eigentlich hast du Recht, doch wir befinden uns hier sozusagen in einem Ausnahmezustand. Seit der Schülerfete ist alles anders geworden. Sieh nur einmal, wenn es nach dir ginge, dann säßen Marcel wegen Mordes und Kevin wegen Einbruchs im Knast. Und Saskia ist ermordet worden. Das bedeutet, es blieben nur noch Ray, Nina, du und ich. Unsere Clique wäre fast um die Hälfte reduziert worden. Er wird dafür bestraft werden, das kannst du mir glauben. Doch ich erstatte erst Anzeige, wenn das mit Saskias Tod geklärt ist. Wenn der Alptraum vorbei ist. Und das wird er bald sein. Denn du hast mit Marcel Recht gehabt. Er hat Saskia umgebracht, weil die ihn

erpresst hat. Kevin hat es beobachtet, das hat er mir gestern gesagt.«

Alex fuhr langsamer. Fassungslos drehte sie sich um. »Er hat es gesehen? Und die ganze Zeit nichts gesagt? Will er, dass wir alle draufgehn?«

Ihre letzten Worte waren fast geschrien. Auch sie ist also verzweifelt, dachte Sally. Auch sie kann das alles hier nicht länger ertragen.

»Und, Sally ... Du meinst doch diesen eigenartigen Erpresserbrief, den Saskia vor ihrem Tod geschrieben hat, nicht wahr?«

Sie stutzte. Woher wusste Alex davon?

»Alex, hat Ray ihn dir etwa auch gezeigt?«

»Ja, ich habe ihn gestern noch getroffen.«

Es war seltsam, wie leichtfertig Ray mit Beweismitteln umging. Wie konnte er nur so dumm sein und fast jeden in eine derartig brenzlige Situation einweihen? Warum wollte er unbedingt selber herausfinden, wer Saskia umgebracht hat? Warum gab er keine Ruhe? Ahnte er nicht, dass auch er in Gefahr war, wenn der Mörder mitbekam, dass er zuviel wusste?

Alex eindringliche Stimme riss sie aus ihren Gedanken: »Sally, in dem Brief ist die Rede von irgendwelchen Fotos. Was glaubst du, was dort drauf ist?«

Sally zuckte mit den Achseln: »Ich nehme an, genau das, was auch in dem Erpresserbrief drinsteht. Sie müssen irgendein Beweis sein, für den es sich lohnt, zu töten.«

Sie kniff die Lippen zusammen. Sie durfte jetzt keinen Fehler machen. Nach der Schule musste sie Mar-

cel mit dem Beweismittel überrumpeln, keinesfalls durfte davor noch jemand anders davon wissen, dass sie in ihrem Besitz waren.
Sie kamen genau zur ersten großen Pause an der Schule an. Sofort sah Sally Marcel inmitten seiner Gruppe stehen. Wie immer trug er sein Muskelshirt und an seinem selbstsicheren Lachen konnte sie erkennen, dass er gut drauf war. In dem Moment sah er sie und grinste hämisch zu ihr herüber. Sie erschauerte bei seinem Blick, es war ein Blick der sie fixierte und nicht mehr losließ, der sie förmlich durchbohrte und mit Grauen durchspülte.
Alex schien weder Marcel noch sein Grinsen bemerkt zu haben.
»Hier sind wir wohl ziemlich sicher, Sally. Hier kann kein Kevin irgendwo einbrechen. Und Marcel werden sie bald verhaften, dann können wir aufatmen. Ist doch eigentlich alles in Ordnung, oder?«
»Klar«, sagt sie. »Es ist alles in Ordnung.«

16. Kapitel

Kevin war nicht in der Schule, der Platz neben Nina war leer. Irgendwie kam ihr der Anblick ungewohnt vor.

Was war überhaupt mit Nina? In den letzten Tagen hatten Sally und sie sich selten gesehen und außer dem kleinen Gespräch im Stadion hatten sie kaum ein Wort miteinander geredet. Obwohl Nina Saskia gefunden hatte, schien sie noch am Ruhigsten von allen zu sein. Und doch wirkte auch sie geschafft und verbraucht. Es sah aus, als könne sie dem Unterricht in keiner Weise folgen, fast die ganze Zeit hatte sie den Kopf auf die Bank gelegt. Ihr gefärbtes Haar war schlampig frisiert, auch heute trug sie kein Make-Up und sie wirkte sehr blass. Sie sah noch schlimmer aus als beim Leichtathletikturnier. War irgendetwas mit ihr? Man wusste so etwas bei ihr nie, oftmals sah es bei ihr ganz anders aus, als es zunächst den Anschein hatte. Doch sie wollte Nina nicht danach fragen, das hatte diese sich einmal ausdrücklich verbeten. Sie mochte es wohl nicht, gelöchert zu werden und hatte Sally deshalb versprochen, mit jedem wichtigen Problem zu ihr zu kommen.

Wusste Nina vom Erpresserbrief? Wusste sie, dass Marcel der Täter war?

Sally hatte auch in der zweiten großen Pause kein Bedürfnis danach, mit irgendjemandem zu reden, sie

wollte nur allein sein. Doch plötzlich berührte sie eine Hand an der Schulter.
»Hey, Sally.« Es war Ray. Doch er sah nicht mehr so zornig aus gestern, als er ihr den Brief gezeigt hatte. Zum ersten Mal seit Samstag hatte er seine schwarzen Haare wieder gestylt. Er trug ein intensiv rotes T-Shirt und eine blaue Skaterhose und sah gut aus. Hatte er sich ein wenig erholt?
»Tut mir Leid, Sally, dass ich gestern einfach so weggefahren bin. Aber du kannst dir vorstellen, wie ich mich gefühlt habe, als ich den Brief bei Saskia fand. Es war ein so wichtiges Beweisstück, endlich brauchte ich nur noch ein paar Informationen, um Saskias Mörder zu stellen und um mich an ihm zu rächen. Und ich merkte genau, dass du etwas wusstest, was du mir aber nicht sagen wolltest. Da bin ich durchgedreht, keine Ahnung, ob du das verstehst.«
Sie sah ihn an, aber achtete nicht auf das, was er sagte. »Mal was anderes, Ray. Du tust gerade so, als hättest du dich gefreut, den Erpresserbrief zu finden. Hast du nicht kapiert, was er wirklich bedeutet? Deine Freundin war eine Erpresserin, ist dir das eigentlich klar?«
Er starrte sie an, seine dunklen Augen ertranken erneut in Bitterkeit. »Ich habe sie geliebt. Noch nach ihrem Tod liebe ich sie und in dem Schmerz ist es mir ganz egal, was sie war. Und wenn sie eine Mörderin gewesen wäre, ich käme trotzdem nicht mehr von ihr los. Seit sie tot ist, träume ich von ihr, sie spricht mit mir und erinnert mich an unsere gemeinsame Zeit.

Wenn ich durch die Straßen gehe, glaube ich überall, ihre Stimme zu hören, ihre Stimme, die tief in mir drin sitzt und sich niemals wieder entfernen wird. Wen kümmert es da noch, ob sie so ein Schwein wie Marcel um ein bisschen Geld erleichtert hat. Verstehst du mich jetzt?«
Ruhig blieb sie neben ihm stehen.
»Außerdem muss ich dringend mit dir reden, Sally. Heute morgen habe ich mit Kevin gesprochen und er hat mir zwei Dinge gesagt: Erstens, dass Marcel mit Drogen dealt und zweitens, dass du die Fotos hast, die Saskia in ihrem Erpresserbrief erwähnt hat.«
Sie zuckte zusammen. Es war also eingetreten, was sie befürchtet hatte: Kevin hatte es herumerzählt. Jetzt war klar, die Fotos mussten so schnell wie möglich abgeholt und unter Dach und Fach gebracht werden.
Ray blickte sie fest an.
»Warum hast du es mir nicht gesagt, Sally? Wir sind doch Freunde. Hattest du Angst vor mir oder was war mit dir los?«
Er klang mehr enttäuscht und besorgt als böse. Sie beschloss, ihm die Wahrheit zu sagen.
»Sorry, Ray, aber ich kann keinem von uns vertrauen, nicht einmal dir. Ich weiß, du hast Saskia nicht umgebracht und doch musste ich sichergehen, dass niemand wusste, dass ich die Fotos besitze. Du weißt doch, die Polizei vermutet, dass es einer von uns gewesen ist. Da konnte ich nicht riskieren, dass der Mörder davon erfährt. Denn dann wäre ich auch gefährdet gewesen.«

Ray lachte überrascht auf: »Sally, wieso kannst du mir nicht vertrauen? Die Sache ist geklärt, Marcel hat Saskia getötet.«
Sie sah ihn ungläubig an: »Hat Kevin dir das etwa auch erzählt?«
»Ja, Kevin hat den Mord beobachtet, es gibt keinen Zweifel mehr. Außerdem ist doch alles logisch. Saskia hat ihn beim Drogendealen erwischt, ihn erpresst und dann hat er sie umgebracht. Kevin hat es mir heute Morgen erzählt, und nach der Schule werde ich zur Polizei gehen und Marcel anzeigen. Doch eine Frage zerfrisst mich noch. Was ist auf den Fotos drauf? Vermutlich Marcel bei seinen Drogengeschäften oder was sonst? Zumindest brauchen wir sie als Beweis.«
Sie nickte: »Du hast Recht, doch ich weiß auch noch nicht, was drauf ist. Bei der Entwicklungsstelle gab es ein Problem, deshalb sind die Fotos erst heute Mittag fertig.«
Er legte seinen Arm um sie und lächelte: »Hey, was hälst du davon, wenn wir sie nach der Schule zusammen abholen und dann mit ihnen zur Polizei gehen? Für mich bleibt der Schmerz über den Verlust meiner Freundin, ihn werde ich so oder so durchstehen müssen. Doch für dich wäre alles vorbei, glaub mir.«
Sie sah sein lächelndes Gesicht. Sie konnte sich sehr gut vorstellen, wie es in ihm aussah, doch er versuchte mittlerweile, sie seinen Kummer nicht mehr spüren zu lassen. Ja, er war tapfer und es wärmte sie, ihn wieder lächeln zu sehen.
»Okay, machen wir«, sagte sie.

17. Kapitel

Ray war schon seit zehn Minuten gegangen, die Unterrichtsstunde musste längst angefangen haben. Doch es interessierte Sally nicht mehr, was die anderen jetzt in Mathe durchnahmen. Alex hatte Recht gehabt, die Schule war Ablenkung gewesen, doch keine gute. Immer müder war sie im Laufe des Vormittags geworden und immer unaufmerksamer. Jetzt lag sie auf der Wiese gegenüber vom Schulgebäude in der Sonne und wartete. Sie sah auf ihre Schule, ein Gebäude mit viel Weiß. Immer noch besser als grau, dachte sie. Da fühlt man sich wenigstens nicht so wie in einem Gefängnis. Von ihrem Blickpunkt aus konnte sie in die einzelnen Klassenzimmer sehen. Im Biologieraum waren jetzt gerade die Fünftklässler. Sie lächelte, als ihr Blick auf einen kleinen blonden Jungen fiel, der emsig seine Hand hob.

Sie schloss die Augen. Wie war es noch in der fünften Klasse? Jungen und Mädchen hassten sich, zumindest mochten sie einander nicht besonders. Sobald sich ein Junge mal um ein Mädchen bemühte oder umgekehrt, waren gleich die Freunde zur Stelle und lachten über ihn. Und doch: Alles war nur Spaß. Man definierte Spaß in einem anderen Sinn.

Ja, es war ein sorgloses Alter. Über Schule lästern, spielen, sich auf den Sommer freuen. Man wusste noch nicht, was Liebeskummer ist, keiner wusste es.

Sie erinnerte sich noch, als Nina zu der Zeit zu ihnen in die Klasse gekommen war. Sie war viel kleiner und noch viel braver gewesen als heute. Eben ein richtiges Kind. In ihrer Erinnerung sah sie die Nina, die sich als erstes neben sie gesetzt hatte. »Hey, Sally«, hatte sie sofort gesagt und sich vorgestellt. Sally und Alex hatten sich schon einen vielsagenden Blick zugeworfen. Es kam nicht oft vor, dass jemand, der neu in die Klasse kam, gleich so selbstbewusst auftrat. Doch auch Nina hatte sich verändert. Ihr Drang, sich immer mit neuen Moden und außergewöhnlichen Klamotten abzugrenzen, war zumindest zum Teil ein Ausdruck ihrer Unsicherheit. Nein, niemand von ihnen war so unbefangen geblieben wie früher. Es gab Leute, die Zeit ihres Lebens immer Kind blieben. Sie waren wundervoll, diese Menschen. Sie hatten fast immer gute Laune und waren nie schüchtern. Sie wünschte sich, auch so sein zu können, doch sie wusste, dass sie keine Chance hatte. Nie würde sie ihre Schüchternheit vollkommen abwerfen können, immer würde sie erröten, wenn ein hübscher Junge sie lange ansah. Und immer würde sie Angst haben, Klamotten zu tragen, die aus der Mode waren. Niemals hatte sie so viel gelacht wie in der fünften Klasse. Die einzige Sorge, die sie damals gehabt hatte, war, nicht mit guten Noten nach Hause zu kommen. Sie war noch nie eine besondere Leuchte in der Schule gewesen und hatte den Übergang zum Gymnasium nur sehr knapp geschafft. Anfangs hatten sich ihre Eltern noch aufgeregt, doch irgendwann hatten sie es aufgegeben. Als Kevin zehn Jahre alt gewesen war, hatte er im Unterricht einmal gesagt: »Wer Kind ist, will erwachsen sein und wer erwachsen ist, will wieder Kind werden.«

Und damit hatte er Recht. Besonders mit elf Jahren hatte sie stets gezittert, dass sie in ihrer körperlichen Entwicklung mit den anderen Mädchen mithalten konnte. Sie hatte es gehasst, dass manche Leute ihr noch mit zwölf Jahren ein kindliches Gesicht angedichtet hatten. Was war das Erwachsenwerden überhaupt? In Ethik hatten sie gelernt, dass der Mensch anfing, selbständig zu denken, alles in Frage zu stellen und dass man das Ganze mit der Erbsünde in Verbindung bringen konnte. Dass sich der Mensch gegen Gott entscheidet und nur seinem Verstand folgt. Doch wollte sie das überhaupt? Wollte sie alles wissen? Manchmal wünschte sie sich, dass sie das konnte. Wenn sie Liebeskummer hatte, hoffte sie so sehr, ihn unterdrücken und nur ihrem Verstand folgen zu können. Doch gegen ihre Gefühle war sie völlig machtlos, den Kampf hatte sie schon lange aufgegeben. Wer wird auf die besten Partys eingeladen? Wer sieht am besten aus? Wer kommt bei den Jungs am besten an? Diese Fragen beherrschten ihrer aller Leben und setzten sie alle unter einen permanenten Druck. Es war herrlich, von anderen Mädchen bewundert zu werden und die Queen zu sein, doch es war abscheulich, immer wie eine kleine Maus im Hintergrund zu stehen. Wie mochte sich eine fühlen, die genau wusste, dass die Jungs kein Interesse an ihr hatten? Bekam sie jedes Mal, wenn sie in den Spiegel sah, einen Schreck? Und das Schlimmste war, dass sich daran nichts ändern ließ. Schon oft hatte sie sich gewünscht, wie eine andere auszusehen und sie hatte sich vorgestellt, wie die Jungs dann auf sie fliegen würden. Doch spätestens nach einer Minute hatte sie verbittert inne gehalten, denn ihr war klar geworden, dass es keinen Sinn hatte. Niemals würde sie dieses Gefühl der richtigen Schönheitsqueen erleben, denn sie lebte nur ihr Leben. Sie und Ray hatten einmal darüber geredet, wie das mit dem Leben war. Nie würde man wissen, wie sich ein anderer fühlte, auch wenn man unwillkürlich immer davon träumte. Man lebte nur einmal.

Sie gefiel sich eigentlich selbst immer recht gut und mit der richtigen Schminke fand sie sich richtig schön. Doch bisher hatte ihr noch kein Junge gesagt, dass sie toll aussah, auch wenn sie es noch so gerne gehörte hätte. Alex hatte es einmal gesagt, als sie sie danach gefragt hatte, doch Mädchen sagten das immer zu ihren Freundinnen, auch wenn sie wussten, dass genau das Gegenteil der Wahrheit entsprach. Und Alex? Die wusste genau, dass sie bildhübsch war und dass sie jeden Jungen kriegen konnte. Da war es eine leichte Sache, anderen Komplimente zu machen. Schon oft hatte Sally sich gewünscht, wie Alex zu sein, insgeheim hatte sie begonnen zu rechnen, wer mehr Vorteile im Leben hatte, wer mehr hatte, auf das er stolz sein konnte. Danach war sie nur noch verbitterter als vorher gewesen. Konkurrenz unter Mädchen war normal, das hatte sie einmal gelesen. Es gab nichts, was sie Alex hätte vorwerfen können, sie war einfach eine wunderbare Freundin. Und doch war es oft schwer für sie, zuzusehen, wie Alex die Jungs aufgabelte, die sie eigentlich gern gehabt hätte.

Jungs. Partys. Äußerlichkeiten. Das waren die Dinge, über die sich die meisten Mädchen fast nur noch unterhielten. Doch bei ihr würde es nie wieder so werden wie zuvor. Der Mord an Saskia würde sie ihr Leben lang begleiten, er hatte etwas verändert, etwas, von dem sie spürte, dass sie es niemals wieder zurückholen konnte. Dieses Etwas hatte ihr Schutz gegeben. Der Schutz vor Emotionen, schoss es ihr durch den Kopf. Es war das Gleiche, was ihr an diesem Morgen bereits am Brad-Pitt-Poster aufgefallen war. Hatte das schreckliche Geschehen und ihre Angst dazu beigetragen, dass die Welt, in der sie vorher gelebt hatte, ihr auf einmal leblos und oberflächlich erschien? Ja, ihre Schale war aufgebrochen und sie vermochte nichts mehr an der Oberfläche zu behalten. Alles würde in sie eindringen, sie anfüllen, bis sie daran erstickte.

Sie sah auf ihre Uhr. In wenigen Stunden konnte der Alptraum ein Ende haben, hatte Ray gesagt. Doch er hatte sich geirrt, denn für sie alle würde es nie zu Ende gehen.

Der Ton des Schulgongs durchfuhr sie. Es war, als hätte sein penetrantes Geräusch die Welt ihrer Gedanken zerschlagen, um sie in die Realität zurückzuholen. In die grausame Realität, vor der sie nicht fliehen konnte.

Die ersten Schüler strömten aus dem Gebäude. Es waren Fünftklässler, mit Schultaschen, die ihnen viel zu groß waren. Als sie an ihr vorbei gingen, merkte Sally, wie sie versuchten, ihr zu imponieren. Sie musste lächeln. Jetzt sah sie einige Jungs aus der Elften, mit einer Flasche Bier in der Hand. Sie hatte nie verstanden, warum es bei ihnen zum Coolsein dazu gehörte, mit einem Bier herumzustehen. Es ließ sie nicht das kleinste Bisschen männlich erscheinen und wahrscheinlich wussten das die meisten auch. Und trotzdem taten sie es.
War es bei den Jungs genauso wie bei den Mädchen? Standen auch sie unter einem Druck, dem sie nicht entfliehen konnten? Und was musste passieren, um ihre Schale durchbrechen und in ihr Herz sehen zu können? Würden die Jungs die Wahrheit sagen, wenn man sie danach fragte? Und was war die Wahrheit? Das, was man fühlte, oder das, was in der Wirklichkeit passierte? Und wo waren die Grenzen zur Wirklichkeit?
Sie sah Ray, wie er zielstrebig auf sie zu kam.
»Was ist Sally, gehen wir?«
Sie wollte nicht, doch ihr war klar, dass sie musste.

18. Kapitel

»Jetzt wird sich zeigen, wie die ganze Sache steht, Sally. Du bist auch sicher, dass die Fotos schon heute fertig sind, ja?«
»Ich will es hoffen, Ray. Doch bisher hab ich mit dem Geschäft noch keine negativen Erfahrungen gemacht. Also gehen wir rein.«
Die entwickelten Fotos befanden sich immer in einem Kasten, der neben der Kasse stand, sie waren nach Namen sortiert. Sally suchte und suchte, doch sie fand ihr Namenskästchen nicht.
Ray wurde ungeduldig.
»Was machst du denn da?«
Sie biss die Zähne zusammen.
»Keine Ahnung«, sagte sie leise. »Anscheinend sind sie doch nicht fertig, ich kann sie einfach nicht finden.«
Ray blickte finster drein. »Hör mal zu, meine Liebe. Eben hast du gesagt, dass ...«
»Ja, mein Gott. Was kann ich denn dafür, wenn die hier nichts auf die Reihe kriegen. Lass uns lieber mal nachfragen.«
Es war ihr tierisch lästig, doch sie musste um jeden Preis erfahren, warum die Fotos nicht da waren.
»Sagen Sie, ich habe vor zwei Tagen hier Fotos zum Entwickeln vorbeigebracht. Wissen Sie noch?«
Die Verkäuferin setzte ihr berufsmäßig freundliches

Lächeln auf: »Ja, ich kann mich dunkel erinnern.«
»Sie hatten mir nämlich gesagt, dass sie heute fertig sein würden, doch ich kann sie nicht finden.«
»Haben Sie Ihren Abholausweis dabei?«
Gehorsam reichte Sally ihr den Abschnitt. Die Verkäuferin gab die Nummer in den Computer ein. »Entschuldigen Sie, aber die Fotos sind heute Morgen um halb zehn abgeholt worden.«
Sie sah Ray fragend an, doch der schien daraus auch nicht schlau zu werden.
»Wann sagen Sie, sind sie abgeholt worden?«
»Um halb zehn. Wenn ich mich recht entsinne, hatte der junge Mann seinen Ausweis vergessen, also ließ ich ihn hier unterschreiben.«
»Welcher Name steht auf dem Papier?«
»Moment ... Hier steht: Markus Latrich.«
Sally ballte die Hände zur Faust. Wer zum Teufel war Markus Latrich? Wer hatte sich mit diesem lächerlichen Trick in den Besitz der Fotos gebracht hatte? Sie zweifelte keine Sekunde daran, dass sich unter diesem Allerweltsnamen jemand verbarg, den sie kannte. Und der selbst nicht erkannt werden wollte. Aber wer? Wer war so dreist gewesen und hatte es gewagt, ihnen die Fotos vor der Nase wegzuschnappen? Ray sah sie ratlos an. Doch dann hatte er eine Idee.
»Sorry, wissen Sie zufällig noch, wie er aussah?«
»Wer? Der, der die Fotos abgeholt hat?«
Sie sah, wie Rays Gesicht zuckte. Diese dümmliche Verkäuferin hatte ihm wahrscheinlich gerade noch gefehlt.

»Wer denn sonst?«
»Er hatte rote Haare und Sommersprossen, so viel weiß ich auf jeden Fall noch.«
Kevin, schoss es ihr durch den Kopf. Es bestand kein Zweifel, Kevin war dieser Markus Latrich gewesen. Doch wie konnte er das bloß wagen?
Auch Ray schien die Lage begriffen zu haben. Wortlos zog er sie nach draußen. Dort sah er sie wütend an.
»Kevin also«, sagte er grimmig. »Wieso ist der bloß so wild auf die Fotos? Glaubt er vielleicht, er kriegt von der Polizei eine Belohnung?«
Sie schüttelte den Kopf, auch in ihr kochte es.
»Nein, Ray, es ist sein schier unglaublicher Größenwahn. Halb zehn. Das bedeutet, er hat die Fotos in unserer ersten großen Pause abgeholt. Ich bin heute später gekommen und hab mich schon gewundert, warum er nicht in der Schule war. Was hältst du davon, wenn wir ihm mal einen kleinen Besuch abstatten?«
»Dann lass uns mal klingeln.«

Ray sah nicht gerade fröhlich aus, als er Kevins Klingelknopf betätigte. Sie hoffte inständig, er würde sich jetzt unter Kontrolle halten können. Sie wusste, wie schnell er seit Saskias Tod ausflippte.
Im Haus rührte sich nichts, es lag wie ausgestorben da. Es war ein großes weißes Haus und bei blauem Himmel sah es aus wie eine Wolke, die zur Sonne aufragt. Hinter dem Haus lag ein Garten, der so voller

Blumen war, dass man kaum noch hindurchkam. Wie oft hatte sie früher dort mit Kevin Verstecken gespielt? Sie hatten gemeinsam in den Beeten gelegen und zum Himmel aufgesehen. Dabei hatten sie geredet. Sich vorgestellt, was sie machen würden, wenn sie groß waren, wohin sie umziehen wollten. Sie hatten schon den festen Plan gefasst, später einmal zu heiraten, der dann vom Streit am Tag danach wieder vom Tisch gefegt wurde. Sie waren Kinder gewesen, als die heile Welt noch möglich erschien.
Von vorne sah man den Garten nicht, man sah nur die Tür und die vielen Fenster des Hauses. Auf der linken Fensterbank stand immer eine Primel, die erneuert wurde, sobald die alte verwelkt war. Sie verwelkten viel zu schnell, die armen Blumen. Leben sie eigentlich wirklich? Sie standen nur da, um bewundert zu werden, und hin und wieder bekamen sie ein wenig Wasser, damit sie nicht eingingen. Ihr Leben war nur sehr kurz.
Noch immer lag das Haus in dieser geheimnisvollen Stille da. Es passierte auch nichts, als Ray ein zweites und drittes Mal klingelte. Er sah jetzt noch zorniger aus als vorher.
»Er ist da, Sally. Ich weiß es einfach. Doch er macht absichtlich nicht auf, weil er ahnt, dass wir es sind. Wenn wir zur Polizei gehen wollen, brauchen wir die Fotos. Was tun wir?«
Sie antwortete nicht.
»Kevin, du Verbrecher! Wenn du nicht aufmachst, dann dringen wir mit Gewalt ein!«

Also doch. Sie wusste, dass sie gegen seinen Jähzorn niemals ankommen würde.
»Ich zähle bis drei. Eins.«
Was hatte er bloß vor? Er wollte doch nicht wirklich mit Gewalt in das Haus eindringen? Alles, aber er durfte jetzt kein Verbrechen begehen.
»Zwei!«
Sie hatte nur nur noch eine Chance: »Ray, hör doch auf. Wir können jetzt nicht ...«
»Drei!«
Er nahm einen Stein vom Boden und zielte auf die Fensterscheibe. Sie schrie noch einmal, doch auch das hielt ihn nicht mehr ab. Klirrend zersprang das Glas, und Ray kletterte durchs Fenster.
Verzweifelt versuchte sie ihn zurückzuhalten: »Ray, lass es! Die Bullen machen uns dafür fertig, du wirst dort nicht einsteigen.«
Sein entschlossener und aggressiver Blick machte ihr Angst. Noch nie hatte sie ihn so gesehen. Gegen seine Kraft hatte sie keine Chance. Mit Leichtigkeit schüttelte er sie ab und kletterte nach innen. Sie hörte, wie er im Haus nach Kevin rief. Sie mochte Kevins Haus, die vielen Treppen, den Kamin, die Wendeltreppe.
Noch immer rief er nach Kevin. Doch dann verstummte er. Er schrie gar nichts mehr, plötzlich war es still. Sie zuckte zusammen.
»Ray?« Nichts. »Ray!«
Jetzt antwortete er.
»Komm rein, Sally. Komm rein!«

Seine Stimme klang erschrocken, fast weinerlich. Es passte nicht zu ihm.
»Was ist passiert?«
»Komm rein.«
Widerwillig stieg auch sie durchs Fenster in das Haus.
»Wo bist du?«, rief sie.
»Hier«, antwortete er ruhig.
Dann sah sie ihn. Er saß am Fuß der Wendeltreppe, sein Blick war wie versteinert. Neben ihm lag Kevin, auf dem Rücken. Den Kopf hatte er nach hinten gelegt und die Augen geöffnet. Doch er war so starr und so kalt. Sofort wusste sie, dass Kevin tot war.

19. Kapitel

Ein Unfall. So oder ähnlich lautete das vorläufige Ergebnis der polizeilichen Untersuchung. Kevin war die Treppe hinuntergefallen und hatte sich das Genick gebrochen.

Es war mittlerweile Abend und Sally saß mit Nina auf der Terrasse. Noch immer hatte sie den Tag nicht verarbeitet, die Ereignisse hatten sich überstürzt. Die Polizei hatte auf ihre Aussage hin Marcel verhaftet. Sally hatte alles erzählen müssen, was sie wusste, alles, was sie und Alex herausgefunden hatten. Daraufhin war Kevins Haus nach den Fotos durchsucht worden, doch ohne Erfolg. Auch Marcels Wohnung hatten sie durchgekämmt und zwanzig Gramm Heroin sichergestellt. Jetzt saß er wegen Besitzes harter Drogen und Mordverdachts in Untersuchungshaft.

Am Nachmittag hatte sie sich mit Alex, Ray und Nina getroffen, die Stimmung war noch gedrückter gewesen als am Tag nach der Schülerfete. Ihr Streit mit Alex hatte Sally den Rest gegeben. Ihre beste Freundin hatte ihr bittere Vorwürfe gemacht, weil sie ihnen allen die Fotos vorenthalten hatte. Erst als es Ray gelungen war, sie zu beruhigen, war wieder Ruhe eingekehrt.

Alles lief immer wieder wie ein Film vor ihr ab. Sie konnte Ray sehen, wie er in Kevins Haus eindrang. Sich selbst, wie sie ihm nachgeklettert war und Ke-

vins Leiche entdeckt hatte. Sie wusste noch genau, was sie in dem Moment gedacht hatte, als sie seinen leblosen Körper dort hatte liegen sehen.
Bitte, Kevin, sei am Leben. Wie oft hatte sie es gedacht, sie hatte darum gefleht. Doch sie hatte es gewusst, vom ersten Augenblick an. Alles in ihr hatte sich gedreht, alle Hassgefühle gegen Kevin waren wie weggeblasen gewesen. In diesem Moment hatte sie ihm vergeben. Sie wünschte sich nur noch, dass er wieder lebte. Dass wieder Wärme in seine blauen Augen kam, dass sie ihn noch mal blinzeln sah. Dass sie seine Stimme noch einmal hörte. Doch sie schluckte die Gedanken verbittert hinunter.
»Hast du vor Kevin schon mal einen Toten gesehen?«, fragte Nina.
»Meinen Großvater, sonst niemanden. Ich weiß es noch genau, als er starb, war ich sieben Jahre alt. Als ich sechs war, hat er noch mit mir Karten gespielt, ist mit mir spazieren gegangen und hat mir abends Gruselgeschichten erzählt. Ein Jahr später war er dann tot. Ich hab an seinem offenen Sarg gestanden und geweint. Unaufhörlich. Er sah aus wie eine große Puppe, sie hatten ihn zugedeckt und ihm die Augen geschlossen. In seinen Sarg haben wir alle Blumen gelegt. Bis heute war es der schlimmste Tag in meinem Leben.«
»Ich träume von Saskia«, sagte Nina. »Und ich glaube, ich werde es immer tun. Auch wenn das hier vorbei ist.«
Ununterbrochen rauchte Nina. Zwar rauchte sie auch

in jeder großen Pause in der Schule, doch wenn sie sich eine Zigarette nach der anderen ansteckte, war sie stets nervös oder bedrückt.

»Was ist, Sally? Glaubst du an die Sache mit dem Unfall?«

Sally zuckte mit den Achseln.

»Keine Ahnung, ich hoffe mal, die Polizei arbeitet da sehr genau. In der Regel irren die sich bei so was nicht.«

Nina saugte an ihrer Zigarette, als ob ihr Körper nach dem Nikotin wie nach einer Droge gierte.

»Ja, normalerweise arbeiten sie da sehr genau, das ist richtig.«

Sie kannte Nina und hörte den sarkastischen Unterton in ihrer Stimme sofort heraus.

»Was meinst du damit?«

Nina verzog die Mundwinkel.

»Ich weiß nicht Sally, aber etwas behagt mir bei der ganzen Sache nicht. Heute bei der Polizei hat es geheißen, sie hätten die Verkäuferin aus dem Fotogeschäft befragt. Die hat noch einmal eine Personenbeschreibung von demjenigen abgegeben, der die Fotos abgeholt hat. Sie haben ein Phantombild angefertigt und es gab kaum mehr Zweifel, dass es sich da um Kevin handelte. Doch wieso haben sie dann die Fotos nicht bei ihm gefunden? Es könnte höchstens sein, dass er sie jemandem gegeben hat, so wie Saskia sie dir anvertraut hat, aber ich glaube es nicht. Und da ist noch etwas: Sie haben gesagt, er sei die Treppe runtergefallen und habe sich das Genick gebrochen. Woran wollen die erkennen, dass es ein Unfall war? Woran wollen die sehen, ob er nicht einen kleinen Schubs von hinten bekommen hat? Wenn ich ehrlich bin, dann glaube ich, dass Kevin ebenfalls ermordet wurde und zwar, weil er im Besitz dieser Fotos war. Und wenn du mich fragst, dann kannst du sehr froh sein, dass er es war und nicht du.«

Sally graute es, bei dem Gedanken, selbst an Kevins Stelle zu sein, wurde ihr übel. Dennoch dachte sie nicht so wie Nina.

»Aber wer sollte ihn denn umgebracht haben? Alex hat es mir erzählt, die Polizei hat auch deine Idee überprüft. Kevin ist zwischen halb zehn und zehn ermordet worden, das bedeutet, in unserer ersten großen Pause. Doch Marcel hat weder früher den Unterricht verlassen, noch ist er zu spät in die nächste Stunde gekommen. Und in der großen Pause stand er bei seiner Clique, das können mindestens zehn Schüler bezeugen. Marcel kann Kevin nicht umgebracht haben, es ist unmöglich.«

Nina blickte sie fest an. Langsam nickte sie.

»Ja, Marcel kann es nicht getan haben.«

»Aber Marcel muss Saskia getötet haben, das wissen wir schon längst.«

»Bist du sicher, Sally? Hat er es zugegeben?«

»Nein, aber welcher Mörder gibt seine Tat schon zu. Er hat der Polizei nur das gestanden, was er musste, zum Beispiel, dass er an dem Abend mit mir gechattet hat. Er hat auch zugegeben, am Abend der Schülerfete das Haus noch verlassen zu haben. Doch wohin er gegangen ist, wollte er seltsamerweise nicht sagen. Und Saskia will er nicht umgebracht haben, er hat auch vehement abgestritten, dass sie ihn erpresst hat. Aber an wen sollte der Erpresserbrief denn sonst gerichtet sein? Wer dealt denn sonst noch mit Drogen?«

Ninas Gesicht zuckte verächtlich.

»Hör mal zu, Sally. Wann hast du herausgefunden, dass Marcel das macht?«

Sie antwortete nicht.

»Siehst du? Du kennst Marcel schon ziemlich lange und hattest keine Ahnung. Und genauso kann es allen anderen auch gehen. Auch ich hatte schon so meine Probleme mit der Polizei, wie du weißt.«

»Das war was anderes. Es schadet eigentlich keinem Menschen, wenn du mit einem getunten Roller durch die Gegend fährst, aber mit dem Heroinverkauf ruinierst du das Leben deines Kunden, und das alles wegen deiner Geldgier.

Nein, nein, vergiss es. Es hat keinen Sinn, sich daran noch die Zähne auszubeißen. Es war Marcel, das steht fest.«

»Vielleicht hast du Recht. Aber noch was, Sally, was du mir heute Mittag nicht erzählt hast: Warum war Kevin überhaupt so scharf auf die Fotos? Warum hat er bei dir eingebrochen? Und wieso hat er es gewagt, sie vor dir abzuholen?«

»Er wollte wahrscheinlich der Held sein. Er wusste alles, er wusste, dass Marcel der Mörder war, doch er vermutete anscheinend irgendetwas Größeres dahinter. Um das aufzudecken, brauchte er natürlich die Fotos.«

Ninas Zigarette war mittlerweile abgebrannt, doch sie behielt den Aschestummel in der Hand und sah Sally verwundert an.

»Was heißt das schon wieder? Du redest die ganze Zeit schon davon, dass das mit Marcel feststeht, aber wieso? Woher will Kevin das denn so genau gewusst haben?«

Es erstaunte sie, dass Nina das nicht mitgekriegt hatte. Hatte es ihr bei ihrer polizeilichen Vernehmung niemand gesagt?

»Wusstest du das nicht? Kevin hat den Mord beobachtet. Er hat alles gesehen. Er wusste alles, aber er hat weder der Polizei noch uns irgendwas gesagt.«

»Ach so«, sagte Nina. Doch plötzlich zuckte sie zusammen, ihr Gesicht verfinsterte sich mit einem Mal.

»Was?«

»Ich habe gesagt, er hat den Mord beobachtet.«

Nina schüttelte den Kopf. Langsam. Sodass ihr lila gefärbtes Haar immer wieder im Licht der Gartenlämpchen aufleuchtete. Ihre Augen wirkten starr und ihr ganzer Körper war plötzlich angespannt, unfähig, das zu erfassen, was sie gerade gehört hatte.

»Nein«, sagte sie leise.

»Was, nein?«

»Ist das der Hauptgrund, warum ihr Marcel verdächtigt?«

Sally nickte und sah auf die Hand ihrer Freundin, sie zitterte.

»Hör zu Sally, ich weiß wirklich nicht mehr, ob ihr mit Marcel richtig liegt. Denn eines weiß ich ganz sicher. Kevin hat gelogen. Er kann diesen Mord nicht beobachtet haben. Da gibt es keinen Zweifel.«

20. Kapitel

Ungläubig lachte Sally auf. »Woher willst du das denn wissen? Folgst du ihm den ganzen Tag?«
»Nein, aber ich weiß es trotzdem«, beharrte Nina.
»Aha, und wieso?« Noch immer hielt sie es für lächerlich.
»Am Abend der Schülerfete habe ich Saskia noch gesehen, Sally. Es muss so ungefähr halb zwölf gewesen sein. Sie ist durch den Saal gelaufen, sie war genauso lebendig wie du und ich. In dem Moment saß ich neben Kevin. Dann habe ich mit ihm getanzt. Ziemlich lange, ich schätze, so bis kurz nach Mitternacht. Erst danach haben wir uns getrennt. Er ist an die Bar gegangen, um sich etwas zu trinken zu holen, ich wollte frische Luft schnappen und bin nach draußen gegangen. Da habe ich Saskia bei der Mauer gefunden, den Rest kennst du ja. Hast du es jetzt begriffen? Kevin war die ganze Zeit bei mir, er kann gar nicht draußen gewesen sein.«
Sally wollte es abblocken, sie wollte es nicht glauben. Kevin kann nicht draußen gewesen sein. Marcel ist der Falsche. Ninas Worte hämmerten in ihrem Kopf.
»Nina, bist du dir da ganz sicher?«
»Ich war mir noch nie sicherer.«
Sally schluckte, es hatte ihr einen Schlag vor den Kopf versetzt. Doch so schnell wollte sie sich nicht geschlagen geben.

»Es beweist noch lange nicht, dass Marcel unschuldig ist.«

Nina nickte: »Da hast du Recht. Doch ich spüre, dass mich meine Gefühle hier nicht täuschen und ich sage dir, dass es Marcel nicht gewesen ist. Ich weiß nicht wieso, aber als ich mir die Beweise anhörte, die ihr heute Mittag aufgezählt habt, hatte ich die ganze Zeit das Gefühl, dass mir etwas vorgesetzt wird. Es war ein Bild, ein Puzzle. Und dieses Puzzle passte so perfekt. Einfach zu perfekt. Und das Hauptbeweisstück haben wir gerade eben entwertet. Was ist, wenn wir herausfinden, dass auch die anderen wertlos sind? Was dann, Sally?«

Nina ergriff ihren Arm und blickte ihr fest in die Augen. Sally lief eine Gänsehaut über den Rücken, denn sie ahnte, dass Nina Recht hatte.

»Was sollen wir tun?«, fragte sie.

Nina lockerte ihren Griff und lehnte sich zurück. Mittlerweile hatte sie sich eine neue Zigarette angesteckt, doch diesmal rauchte sie nicht mehr so gierig, es wirkte irgendwie gelassener. Sie schien zu überlegen, bevor sie weiterredete.

»Nichts überstürzen und keine falschen Schlüsse ziehen, wir müssen jetzt sehr vorsichtig sein. Lass uns ganz langsam noch mal alles von vorne überlegen. Wir müssen alle vermeintlichen Beweise genau unter die Lupe nehmen, alles genau ansehen. Was ist mit dem ersten? Marcel war offensichtlich an dem Abend noch draußen. Und das soll ihn als Mörder überführen?«

»Es wäre nicht weiter schlimm, wenn er es von Anfang an zugegeben hätte. So kann es sein, dass er doch noch auf der Schülerfete war, findest du nicht?«
Vehement schüttelte Nina den Kopf.
»Nein, das finde ich ganz und gar nicht. Es hat sich doch herausgestellt, dass Marcel ein Verbrecher ist, weil er Heroin verkauft. Und ein Heroindealer hat allen Grund dazu, der Polizei nicht zu sagen, wo er sich abends herumtreibt. Vergiss es, dass ist gar kein Beweis.«
»Verbrecher ist ein gutes Stichwort. Denn höchstwahrscheinlich war er es, den Saskia beobachtet und fotografiert hat. Saskia hatte keinen großen Bekanntenkreis, es bleiben nicht viele, an den sie den Erpresserbrief gerichtet haben kann.«
»Ich hab es dir eben schon einmal versucht zu erklären, Sally. Marcel ist nicht gerade dein bester Freund, aber du kanntest ihn und wusstest es auch nicht. Aber genauso kann es sich irgendwann herausstellen, dass Alex irgendwas mit Drogen zu tun hat. Ich muss zugeben, der Erpresserbrief gibt auch mir stark zu denken, doch auch er reicht lange nicht aus, um Marcel einen Mord anzuhängen. Dazu scheinen wir von unseren eigenen Freunden zu wenig zu wissen. Was haben wir noch?«
»Wahrscheinlich das für ihn Schlimmste.«
»Was?«
»Wie ich dir vorhin erzählte, habe ich am Tag der Schülerfete mit jemandem gechattet, der sich Brad Pitt nannte. Dieser Brad Pitt hat alles vorher ange-

kündigt, er hat mir gesagt, was er auf der Schülerfete tun würde. Er hat mir gesagt, ich würde etwas verlieren und dass zwar mir selber nichts passieren aber danach ein Alptraum für uns beginnen würde. Nun, es hat sich dann herausgestellt, dass dieser Brad Pitt Marcel gewesen ist, er gibt es ja sogar zu. Niemand kann mir erzählen, dass das Zufall gewesen sein soll.«

Nina sagte lange Zeit nichts. Hin und wieder glaubte Sally ein leicht triumphierendes Lächeln auf ihrem Gesicht erkennen zu können. Ihr wurde kalt.

»Stimmt, Sally«, sagte Nina langsam. »Du hast es mir heute Mittag erzählt. Und schon heute Mittag war genau das der Ausgangspunkt meiner Gedanken. Denn ich glaube, das, was du als belastendsten Punkt ansiehst, ist für mich fast ein Beweis, dass Marcel es nicht war.«

»Wieso?«

»Versetz dich in die Lage des Mörders, Sally. Er hat getötet, weil er erpresst wurde und du glaubst, dass es Marcel gewesen ist. Doch du weißt so gut wie ich, dass ein Mörder sein Leben verwirkt hat, wenn sie ihn schnappen, bei einem perfekten Mord darf also kein Risiko dabei sein. Und Marcel muss ja alles geplant haben, denn er war nicht auf der Schülerfete und deiner Meinung nach hat er sich ein falsches Alibi verschafft, mit der Behauptung, dass er Ruhe für den Wettkampf brauchte und so nicht zur Fete kommen konnte. Und genau da ist der Knackpunkt: Ein Mörder, der so eiskalt plant, der jemand anderen umbringt, weil er glaubt, dass er es muss, der kündigt seine Tat niemals vorher an. Dazu ist das Risiko viel zu groß. Ein Mörder, der so einen Quatsch macht, ist einer aus diesen ganzen Horrorfilmen, in denen die Killer es sehr spannend finden, ohne Motiv zu morden und die Leute in Angst und Schrecken zu versetzen. Aber für den, der Saskia umgebracht hat, war die Sache verdammt ernst, und jeder, egal wie dumm, eingebildet und überheblich, hätte sofort gesehen, dass es bei diesem Mord keinen Raum für irgendwelche Mätzchen gab. Siehst du das ein?«

Sally sagte nichts, sie saß nur da und ließ die grausame Argumentation ihrer Freundin über sich ergehen.

»Das war's, nicht wahr, Sally? Mehr haben wir nicht. Mehr spricht nicht gegen Marcel. Ich will nicht behaupten, dass seine Unschuld erwiesen ist, im Gegenteil. Natürlich ist er nach wie vor der Hauptverdächtige, doch nicht für mich. Ich glaube, unser Mörder ist schlau. Ich glaube, er hat sich ein Netz aufgebaut, ein fein gesponnenes Netz, in das wir alle hineingelaufen sind. Wenn du jemanden getötet hast, musst du dein ganzes Leben lang Angst haben, dass sie dich schnappen. Nicht aber, wenn jemand anderes dafür eingesperrt wird. Und irgendwie fühle ich, dass es hier so ist. Vielleicht klingt es absurd, aber ich denke, der Mörder wusste, dass Marcel so dumm ist und es für nötig hält, diese dämlichen Chatgespräche zu führen und anderen damit Angst zu machen. Er wusste es und hat das ausgenutzt, sodass wir denken, es wäre Marcel gewesen. Doch glaub mir, Sally. Der

Mörder ist noch nicht gefasst. Es ist noch nicht vorbei.«
Sie spürte, dass Nina Recht hatte. Absolut Recht. Doch sie wollte es nicht wissen, sie wollte gar nichts mehr wissen, sie wollte einfach nur abschalten, alles vergessen. Aber es ist noch nicht vorbei! Wie ein Echo hallte es in ihrem Kopf. Es ist noch nicht vorbei!
»Nina?«
»Hm?«
»Warum gerade Marcel?«
»Das ist nicht sonderlich schwer. Marcel ist hinterhältig und unbeliebt. Außerdem ist er ein Verbrecher. Und es ist keine Kunst, so jemanden einen Mord anzuhängen. Es gibt niemanden, der ihm nachtrauert, jeder traut ihm so etwas zu, niemand setzt sich für ihn ein. Es gibt noch eine andere Frage, die wir klären müssen. Warum hat Kevin gelogen? Warum hat er dir erzählt, er hätte alles beobachtet?«
»Keine Ahnung.«
»Ich will dir sagen, was ich glaube. Ich glaube, er wollte dir die Fotos entlocken. Er hat sich gedacht, dass du sie hast. Damit wollte er dich in Sicherheit wiegen, damit du denkst, dass der Fall geklärt ist und dass es auf die Fotos nicht mehr ankommt.«
Die Antwort kam ihr irgendwie logisch vor. Doch plötzlich fiel ihr was ein.
»Wir haben was vergessen, Nina. Wieso war Kevin überhaupt so scharf auf die Fotos? Bisher haben wir gedacht, er wollte bloß groß rauskommen, weil er al-

les wusste. Aber er wusste in Wirklichkeit ja gar nichts. Wieso musste er dann unbedingt die Fotos haben? Warum hat er bei mir eingebrochen, warum hat er sie sich vor mir beschafft? Ich hab dafür nur eine Erklärung, er muss Saskia getötet haben und wollte das Beweismaterial. Aber wer hat dann ihn umgebracht?

Erstaunt über ihre eigenen Gedanken wartete sie gespannt auf Ninas Reaktion.

Die überlegte kurz, dann schüttelte sie den Kopf: »Nein, Kevin scheidet als Mörder aus. Ich hab dir doch gesagt, dass ich die ganze Zeit mit ihm getanzt habe. Genauso wenig, wie er den Mord beobachtet haben kann, kann er ihn auch begangen haben. Ich glaube nicht, dass es Marcel gewesen ist, doch ich habe keine Alternative. Wer kommt überhaupt noch in Frage? Was ist mit Ray?«

Sally schüttelte den Kopf.

»Das glaub ich einfach nicht. Vor Saskias Tod war er immer gut gelaunt, immer war er fröhlich und offen. Und er hat ja auch mitbekommen, dass es ihm manche Mädchen übelgenommen haben, dass er ausgerechnet mit Saskia ging. Saskia war nicht gerade die Queen an unserer Schule und allein die Tatsache, dass ein so begehrter Junge wie Ray allen zum Trotz mit ihr zusammen war, zeigt schon, dass er sie geliebt hat. Außerdem war sie zumindest ein wenig abhängig von ihm. Sie war so was wie eine verhuschte Maus und er war überall ziemlich angesagt, das bedeutet, sie konnte sich glücklich preisen, mit einem wie ihm zusammen zu sein. Und deshalb hätte sie ihn auch niemals erpresst, sie hätte sich damit alles kaputt gemacht. Und ich kann mich auch noch genau an sein Gesicht erinnern, dieses Zucken, als er von Saskias Tod erfahren hat. Es war garantiert nicht gespielt. Nein, Nina, Ray ist es bestimmt nicht gewesen.«

Ninas Gesicht blieb unbeweglich.

»Alex?«, fragte sie.

Ach ja, Alex. Wenn Nina Recht hatte, dann waren Alex Verdächtigungen gegenüber Marcel alles Hirngespinste. War sie nicht diejenige, die Marcel unbedingt den Mord anhängen wollte? Beim Leichtathletikwettkampf hatte sie sogar öffentlich gesagt, dass sie sich wünschte, Marcel würde eingesperrt werden. Doch war Alex zu einem Mord fähig? Hatte sie es nötig, mit Drogen zu dealen? Alex hatte genug Geld, sie trug immer die neusten Klamotten und die beste Schminke. Ihr Vater war ein erfolgreicher Immobilienmakler, von dem sie Geld in rauen Mengen erhielt. Es war absolut lächerlich, zu glauben, Alex hätte sich mit Drogengeschäften etwas dazuverdienen wollen.

»Ich glaube es nicht. Ich kenne sie, schon ewig ist sie meine beste Freundin. Ich kann in sie reinsehen, wir verstehen uns blind. Niemals wäre es ihr gelungen, irgendetwas derart Wichtiges vor mir zu verbergen, ich hätte es sofort gemerkt.«

»Wer bleibt noch?«

»Entweder du oder ich oder flüchtigere Bekannte. Aus der Parallelklasse oder so.«

»Was ist mit dir?«, fragte Nina lauernd. »Hast du Saskia umgebracht?«
Sally lachte verächtlich: »Das glaubst du doch wohl nicht wirklich, oder?«
»Was meinst du? Kann ich dir vertrauen? Kann ich sicher sein, dass du nicht alles herumerzählst, was ich dir gerade gesagt habe?«
Es ärgerte sie, dass Nina so von ihr dachte.
»Natürlich kannst du das, ich bin deine Freundin.«
»Was glaubst du? Was hätten Marcel, Ray oder Alex gesagt, wenn ich sie gefragt hätte? Das Gleiche, nicht wahr? Meinst du, ich kann dir mehr vertrauen als ihnen?«
Sie antwortete nicht.
»Die Sache ist ganz einfach, Sally. Solange das hier nicht vorbei ist, wissen wir, dass ein Mörder unter uns ist. Weder du noch ich halten irgendjemanden von unseren Freunden zu so etwas fähig und doch wissen wir, dass er nahe bei uns ist. So nah, dass keiner dem anderen vertrauen kann.«
Beide schwiegen.
»Es ist schon spät, Sally. Tut mir Leid, wenn ich dich jetzt allein lasse, aber ...«
»Ist schon okay.«
»Träum was Schönes, Kleine. Nicht von den Morden, okay?«
Langsam stand Nina auf und ging zur Tür.
»Nina?«
Die drehte sich noch einmal um: »Hm?«
»Woher weiß ich, dass du mich nicht angelogen hast?

Ich kann Kevin nicht mehr danach fragen, niemand kann nachprüfen, ob du wirklich mit ihm getanzt hast.«

»Wieso sollte ich dich anlügen?«

»Ich weiß es nicht«, flüsterte sie, »ich weiß es nicht.«

21. Kapitel

›Schülerfete‹ stand auf der Tür. Und darunter in kleinen Buchstaben: ›wenn der Alptraum auf einem Fest beginnt‹.
Sally öffnete die Tür und betrat den Raum. Er war groß und geräumig, doch es roch alt und vermodert.
»Willkommen, Sally«, rief eine Stimme.
Sie ließ ihren Blick umherschweifen und sah schließlich eine Gestalt von dem Hinterausgang des Zimmers auf sie zukommen. Sie erkannte Saskia sofort. Ihre halblangen feinen braunen Haare schimmerten durchsichtig. Doch ihre blaugrünen Augen leuchteten, ihr heller Glanz war wie eine Lichtquelle, die den ganzen Raum erhellte.
Saskia selbst schwebte wie ein Schatten durch den Raum. In der rechten Hand hielt sie einen kleinen Spiegel.
»Was glaubst du, Sally? Warum begegnen wir uns?«
Sie sprach nicht sehr laut und doch hallte ihre Stimme im ganzen Raum wider.
»Saskia«, sagte Sally nur.
»Ja, du hast Recht. Überrascht es dich, mich zu sehen? Ich meine, man begegnet nicht sehr oft jemandem, der schon gestorben ist, nicht wahr?«
Sie schüttelte den Kopf.
»Ich will dir sagen, warum du von mir träumst, Sally. Seit der Schülerfete willst du eine Antwort auf die

Frage. Sie lässt dich nicht mehr los, sie sitzt in deinem Herzen, dein ganzes Leben bestimmt sie. Doch du hast Angst vor ihr. Es ist doch die Frage, die ich meine, oder?«

Sallys Lippen waren trocken und sie hatte Durst. Doch trotzdem musste sie die Frage stellen. »Wer hat dich umgebracht?«

»Was glaubst du?«, kam es postwendend zurück. »Glaubst du, Marcel hat es getan? Du warst schon davon überzeugt, nicht wahr? Aber dein Gespräch mit Nina hat dich wieder verunsichert. Jetzt weißt du gar nichts mehr, eigentlich willst du auch gar nichts mehr wissen und doch ist dir klar, dass deine Gedanken nicht davon los kommen.«

Sie wusste nicht, was sie sagen sollte. Saskia war völlig anders gewesen, als sie noch gelebt hatte.

Schüchtern, verhalten und unauffällig. Jetzt war sie das Gegenteil. Sie wirkte überlegen, triumphierend und fast allwissend. Es war ihr unheimlich.

»Hast du die Inschrift auf der Tür gelesen, kleine Sally? Was steht dort?«

»Schülerfete.«

»Ja! Was bedeutet dieses Wort für dich? Denk einmal eine Woche zurück. Was hast du gefühlt, wenn du dieses Wort gehört hast?«

»Ich dachte an Spaß«, sagte Sally tonlos. »Spaß. Sonst nichts.«

»Hast du den Untertitel auch gelesen? Wenn der Alptraum auf einem Fest beginnt? Was erlebst du gerade, Sally?«

Sie reagierte nicht darauf. »Du hast meine Frage nicht beantwortet. Wer hat dich umgebracht?«
Saskia schwebte näher zu ihr heran. »Nein, das habe ich nicht. Aber auch du hast mir nicht gesagt, wen du für den Mörder hälst. Glaubst du, es ist Alex gewesen?«
»Nein.«
»Nicht? Hast du in deinen Gedanken nie damit gespielt?«
»Vielleicht«, sagte sie.
Zum ersten Mal hob Saskia ihren Spiegel hoch. Sofort erkannte Sally Alex. Sie saß auf dem Sofa in ihrem Zimmer. Sally konnte im Hintergrund das Bett ihrer besten Freundin erkennen. Und da erinnerte sie sich an die Situation. Sie waren vierzehn Jahre alt gewesen, das erste Mal, dass Sally sich richtig verliebt hatte. Kein Flirt wie bei ihrem ersten Kuss, sondern richtige Liebe. Ein Junge aus der Stufe über ihnen. Seit sie ihn das erste Mal gesehen hatte, hatte sie von ihm geträumt. Jedes mal, wenn sie durch den Schulgang gelaufen war, hatte sie gehofft, ihn zu sehen. Bei einem Schulkonzert hatte sie sich das erste Mal mit ihm unterhalten. Schon dieses eine Gespräch hatte sie für die nächsten Tage glücklich gemacht. Ab da hatten sie sich gegrüßt, sich immer wieder kurz unterhalten. Und es war Hoffnung in ihr aufgekeimt, eine Hoffnung, die sie bei allem, was sie tat, begleitete. Und dann hatte sie ihn gesehen. Vor ihrem Haus war er vorbeigelaufen mit einem anderen Mädchen an der Hand. Er hatte den Arm um sie gelegt und sie ge-

küsst. Ein Stich ins Herz hatte Sally getroffen, ihr war übel geworden. Sie hatte sich auf ihr Bett gelegt und sich gewünscht, weinen zu können, ihren Schmerz mit Tränen wegzuspülen. Sie war zu Alex gefahren und hatte es ihr erzählt. Erst als Alex sie im Arm hielt, war der Damm gebrochen und sie hatte ihren Kummer losweinen können. Bis spät in die Nacht war sie bei Alex geblieben und in dieser Nacht hatte sie sich geschworen, dass sie es Alex nie vergessen und niemals von ihrer Seite weichen würde. Ja, Alex war der wichtigste Mensch in ihrem Leben. Trotz alledem, was zwischen ihnen war, trotz Konkurrenz und Neid, hätte sie alles für Alex getan. Sie wusste genau, Alex würde immer für sie da sein. Zu jeder Tages- und Nachtzeit würde sie bei ihr anrufen können, alles konnte sie ihr erzählen und niemals durfte es etwas geben, was zwischen ihnen stand. Noch einmal sah sie in den Spiegel, noch einmal betrachtete sie Alex Augen. Und da bemerkte sie, dass ihr eine Träne die Wange hinunterrann.

»Warum weinst du, Sally? Weil du Alex verdächtigst hast?«

Sie nickte und merkte dabei, wie sie eine weitere Träne hinunterschlucken musste.

»Du liebst Alex, nicht wahr? Nichts auf dieser Welt würdest du gegen sie eintauschen und doch hast du einmal geglaubt, sie hätte mich getötet. Was ist aus dir geworden?«

Eine Verrückte, dachte sie. Sie erinnerte sich gut daran, dass sie sich nach dem Gespräch mit Kevin gefragt hatte, was die Schülerfete aus allen ihren Freunden gemacht hatte. Verrückte, hatte sie damals gedacht. Verrückte mit dem Ziel, Saskias Mörder zu finden. Und nun wusste sie, dass sie selbst zu ihnen gehörte. Doch sie hatte keine Wahl, sie kam nicht gegen ihre Gefühle an. Sie waren einfach da: Der Schmerz über Saskias und Kevins Verlust, die Niedergeschlagenheit, die Angst und damit auch der Drang, den Mörder zu finden und allem ein Ende zu bereiten.

»Ach, und, Sally? Hast du Nina nicht gesagt, dass du glaubst, es sei Kevin gewesen? Dieser Kevin?«

Erneut deutete Saskia auf ihren Spiegel. Sally sah Kevin, er saß auf der Treppe vor seinem Haus und sah sie an.

»Weißt du, was ihr damals gemacht habt, Kleine? Ihr wart zehn Jahre alt und habt das erst Mal über Liebe geredet. Für euch beide war sie neu. Sie machte euch unsicher. Weißt du noch, was du damals gefühlt hast, als du dich mit ihm unterhalten hast? Weißt du es noch?«

Ja, sie wusste es noch. Mit keinem anderen Jungen hätte sie es damals gewagt, sich über das zu unterhalten, was sie zum ersten Mal in ihrem Leben beschäftigte. Wie dankbar war sie gewesen, wie sehr hatte sie sich gewünscht, für immer mit ihm befreundet zu sein. Und jetzt würde sie ihn niemals wiedersehen. Denn er war tot.

Das Spiegelbild änderte sich, jetzt war Ray zu sehen. Er hatte die Arme hochgerissen, sein Gesicht war rot angelaufen, doch er lachte. So glücklich, wie ein

Mensch nur lachen kann. Ja, sie wusste, was Saskia ihr zeigte. Im Schullandheim hatte Ray damals die Wette gewonnen, dass er hundertfünfzig Liegestütze schaffen würde. Sie alle hatten um ihn herumgestanden, sie hatten ihn angefeuert, ihm zugejubelt. Den ganzen Abend lang war seine Leistung das Gesprächsthema Nummer eins gewesen, alle hatten ihn bewundert, auch sie.

»Was meinst du? Verbaut sich jemand wie er sein ganzes Leben mit einem Mord? Bringt er mich um, den Menschen, den er liebt?«

Nein, das tat er nicht. Sie dachte an all die schönen Dinge, die sie mit Ray erlebt hatte. Vor allem, als er noch nicht mit Saskia zusammen gewesen war. Nie waren Sally und er ineinander verliebt gewesen und doch waren sie im Sommer Hand in Hand durch die Gräser gerannt. Wie oft hatten sie zusammen gelacht? Wie viel hatten sie einander bedeutet?

»Da ist noch jemand, Sally. Und zwar Nina. Du hattest Recht, als du sagtest, sie könnte dich angelogen haben. Außerdem hat sie selbst gesagt, dass sie hin und wieder Dreck am Stecken hat. Reicht dir das nicht aus? Willst du sie nicht auch verdächtigen?« Saskias Stimme erfüllte den ganzen Raum bis in den letzten Winkel.

»Nein, das reicht nicht aus. Sie wird dich wohl kaum umgebracht haben, denn sonst hätte sie Marcel niemals in Schutz genommen.«

»In der Tat, Kleine. Aber hast du schon einmal davon gehört, dass Mörder so etwas öfter tun? Und zwar,

um andere so denken zu lassen,wie du jetzt denkst?«
Als sie nicht antwortete, hielt ihr Saskia wieder ihren Spiegel vor die Augen.
Sie sah Nina, die ihre Hand nach ihr ausstreckte.
»Gib mir deine Hand, Sally!«, rief sie.
Es kam ihr vor, als wäre es gestern gewesen, dabei musste es schon mindestens zwei Jahre her sein. Sie war in der Nacht mit Nina ins Schwimmbad eingestiegen, um sich nach einer Geburtstagsparty noch ein wenig zu entspannen. Sie lagen beide im Schwimmbecken und sahen sich die Sterne an. Und dann das Geräusch, das ihr den Schreck in die Glieder fahren ließ. Das Licht der vielen Taschenlampen, das ihre Augen mit einem Mal blendete. Wie gehetzte Tiere waren sie aus dem Wasser zum Zaun gerannt, ihre Kleider in der Hand. Die Taschenlampen der Polizei waren immer näher gekommen, und sie hatte gewusst, dass sie es nicht mehr über den Zaun schaffen würde. »Gib mir deine Hand, Sally!«, hatte Nina gerufen und sie mit letzter Kraft über den Zaun gehoben. Nina hätte weglaufen können, wie es fast jeder getan hätte, doch sie war geblieben. Geblieben, mit dem Risiko, selber erwischt zu werden. Bis zum letzten Moment hätte sie Sally beschützt, eher hätte sie sich mit ihr verhaften lassen, anstatt selber wegzurennen. Zu Hause hatte Sally sich an ihre Freundin geklammert. Sally dachte an all die Bekanntschaften, die sie dank Nina geknüpft hatte, an alle die Partys, auf die ihre Freundin sie mitgenommen hatte.
»Also noch einmal von vorne, Sally. Was glaubst du,

wer hat mich umgebracht? Und wieso interessiert es dich überhaupt?«

»Ich will keine Angst mehr haben«, sagte sie aus tiefstem Herzen. »Ich will wieder ich sein, ruhig schlafen können, nicht mehr an jeder Ecke zusammenzucken und keine Angst mehr um mein Leben haben müssen.«

»Warum hast du Angst?«

»Ich glaube«, brachte sie hervor. »Ich glaube, dass für den Mörder jeder ein Hindernis darstellt, der ihn verfolgt.«

»Warum verfolgst du ihn dann?«

»Er hat dich umgebracht, Saskia? Und dafür muss er bestraft werden.«

»Muss er das wirklich?«

Sie schluckte, sie begriff nicht, auf was Saskia hinauswollte.

»Pass auf, Sally. Stell dir mal folgende Situation vor. Ein Mensch hat einen anderen umgebracht. Du weißt hundertprozentig sicher, dass er sich in seinem weiteren Leben nie wieder etwas zuschulden kommen lassen wird. Würdest du ihn dafür einsperren?«

»Ja«, antwortete sie sofort.

»Wieso? Ich meine, ein Leben ist bereits dahin, und du willst noch ein zweites kaputt machen? Ergibt das einen Sinn?«

Für einen kurzen Moment überlegte sie.

»Es muss sein«, sagte sie schließlich. »Denn wenn die Menschen für ihre Schandtaten nicht bestraft werden, so werden sie immer wieder Verbrechen begehen.

Und genau deshalb muss auch dein Mörder gerichtet werden.«
»Hat er denn wirklich ein Verbrechen begangen?«
»Er hat dich ermordet. Und Mord ist ein Verbrechen.«
»Du hast Recht, Kleine, von mir aus gesehen war es böse, mir das Leben zu nehmen. Und von dir aus gesehen wahrscheinlich auch. Aber von der Warte des Mörders aus betrachtet? Kannst du dir nicht vorstellen, dass es vielleicht sein musste? Du weißt, dass man ohne Grund keinen Mord begeht, oder?«
Als Sally nicht antwortete, hob Saskia noch einmal ihren Spiegel in die Höhe. Saskia selbst war darauf zu sehen, ein Tuch um den Hals geschnürt und nach Luft ringend. Ihr Mund war geöffnet, als versuchte sie zu schreien und ihre Augen waren vor Angst und Panik voller Tränen. Sally würgte.
»Denk dir doch einmal, du bist der Mörder. Du hast dieses Bild vor dir, dieses Mädchen, das panisch nach Luft ringt und dich um ihr letztes bisschen Leben anfleht. Und du weißt genau, dass du keine Wahl hast, als das Tuch nur noch fester zuzuziehen. Meinst du nicht auch, der Mörder hat das nicht mit einberechnet? Glaubst du nicht, dass er dieses Bild sein ganzes Leben lang mit sich herumtragen muss?«
Zitternd nickte sie.
»Ach ja, und dann ist da noch die Sache mit der Polizei, kleine Sally. Das hätte ich fast vergessen. Du weißt genau, wenn sie dich erwischen, dann ist dein Leben kaputt. Immer, wenn du ein Polizeiauto siehst,

zuckst du zusammen, immer wenn es an deiner Tür klingelt, glaubst du, es ist die Polizei, die einen Hinweis bekommen hat. Du musst dein Leben lang fürchten, einen kleinen Fehler gemacht zu haben. Und du würdest alles, alles dafür geben, den Mord wieder rückgängig machen zu können. Denn es gibt keine Ruhe mehr für dich, nirgendwo. Nicht einmal in deinem Bett. Denn du kannst nicht mehr schlafen, schweißgebadet wirst du aus jedem Traum aufwachen. Und da ist die Angst. Die Angst vor der Polizei, die Angst vor deinen Mitmenschen und die Angst vor dir selber. Denn es gibt dich nicht mehr, von innen heraus wirst du zerfressen. Du ...«

»Hör auf!«, schrie Sally. Sie wollte nichts mehr hören, nur noch in Ruhe gelassen werden.

»Was ist mir dir los, Sally? Warum sind wir uns begegnet? Weil du das alles hier wissen wolltest. Und? Wer hat mich umgebracht, willst du das auch noch wissen?«

Ihre Beine hielten sie nicht mehr, schwach sank sie zu Boden.

»Ich weiß es nicht«, flüsterte sie.

Sie versuchte es zu erklären, ihren Gefühlen mit Worten Ausdruck zu verleihen, doch sie bekam keinen Laut mehr heraus. Ein letztes Mal sah sie Saskia an, deren Umriss verblasste. Sie versuchte nach der Toten zu greifen, doch ihre Hände griffen ins Leere.

»Saskia!«, schrie sie. »Saskia!«

Dann erwachte sie. Zitternd lag sie in ihrem Bett und klammerte sich an ihre Bettdecke. Brad Pitt grinste höhnisch auf sie herab. Es war ihr, als lachte er über sie. Über ihren Traum, über ihre Gedanken, über ihre Gefühle. Und über ihre Angst. Sie spürte, dass sie nicht nur im Traum zu weinen begonnen hatte. Ihre Lippen spürten bereits das Salz, ein sonderbarer Geschmack lag auf ihrer Zunge. Tod, dachte sie. Es ist der Geschmack des Todes. Und weit ist er nicht mehr.

22. Kapitel

Es musste etwa halb sieben Uhr morgens sein, als das Telefon klingelte.

»Hallo?«

»Hey, Sally, hier ist Alex. Ich wollte dir nur sagen, dass die Schule heute geschlossen bleibt. Nachdem Kevin gestorben ist, hat der Direktor für morgen eine Trauerfeier angeordnet. Heute sind die Vorbereitungen. Die, die wollen können mithelfen. Ich hab schon abgesagt, gehst du hin?«

»Nein, bestimmt nicht.«

»Okay, ich muss noch den anderen Bescheid sagen. Wenn du willst, komm ich nachher bei dir vorbei, wenn du ausgeschlafen hast.«

Das war Alex, so wie Sally sie kannte. Die Alex mit ihrer lieben Stimme. Die Alex, die immer für sie da war.

»Sie ist deine beste Freundin«, hatte Saskia gesagt. »du brauchst sie und in deinem tiefsten Innern weißt du, dass sie mich nicht getötet hat.«

»Die Sache ist ganz einfach«, sagte Nina. »Solange das hier nicht vorbei ist, wissen wir, dass ein Mörder unter uns ist.«

Die Stimmen schwirrten ihr durch den Kopf. Ich bin wirklich eingekeilt, dachte sie. Was ich auch tue, immer reden alle Stimmen auf mich ein. Saskias Stimme, Ninas Stimme, die Stimme meines Herzens, die Stim-

me der Vernunft. Alle reden auf mich ein, doch ich kann nichts tun.
Sollte sie es überhaupt? Es war möglich, dass der Mörder nun fertig war. Er hatte Saskia umgebracht, Kevin umgebracht und die Fotos schlauerweise vernichtet. Außer den beiden Toten hatte er keine Spuren hinterlassen und außer seinem Gewissen gab es niemanden mehr, der ihn jagte. Alles war beendet, der Fall abgeschlossen und es gab keinen Grund für ihn, weiter zu morden. Doch das hieße ja, er wäre durchgekommen. Alle seine furchtbaren Taten hätten sich gelohnt. Es lohnt sich nicht, zu töten. Irgendwo hatte sie das einmal aufgeschnappt. Doch wie war es diesmal?

Ihre Angst hatte sich halbwegs gelegt, langsam konnte sie wieder lächeln und ihr wurde wärmer. Doch sie wusste, dass dies nicht von Dauer sein würde. Eben noch war sie todmüde gewesen, jetzt merkte sie, dass sie Mühe hatte, einzuschlafen.
Langsam stand sie auf und sah zum Fenster raus. Ihr Haus lag direkt an der Hauptstraße, der meist befahrensten Straße in ihrem Ort. Oft war es ihr lästig, durch den Autolärm geweckt zu werden. Der einzige Vorteil war, dass die Autos bei ihr nicht rasen konnten, denn sie mussten bei einer Ampel Halt machen. Diese Ampel betrachtete Sally nun. Sie war rot, in der Autoschlange sah Sally ein Mädchen auf einem Roller. Sie hatte einen engen Minirock und ein Top an, das so knapp wie ein Bikinioberteil wirkte. Sie weiß,

dass sie eine sexy Figur hat, mit der sie die Jungs scharf machen kann, dachte Sally.
In Gedanken malte sie sich aus, wer dieses Mädchen war, woher sie kam und wohin sie fuhr. Wahrscheinlich war ihre Welt noch heil. Wahrscheinlich führte sie ein ähnliches Leben, wie das, welches sie selber vor der Schülerfete geführt hatte. Liebe. Jungs. Liebeskummer. Der Stress mit der Schule. Partys. Disco. Der erste Kuss. Die erste Zigarette. Der erste Alkoholrausch. Aber war das nicht das normale Leben eines Teenagers? Konnte man davor fliehen? Wollte sie es überhaupt? Was hätte sie wohl vor der Schülerfete geantwortet, wenn man sie gefragt hätte, wie zufrieden sie mit ihrem Leben war? Hatte sie sich wohl gefühlt? Es hatte tausend Dinge gegeben, die ihr Kummer bereitet hatten, es waren die Dinge, die jedem Mädchen in ihrem Alter Kummer bereiteten. Doch was war das schon gegen die Hölle, die sie jetzt durchmachte? Ihre Maßstäbe hatten sich verschoben. Aber war das nicht immer so? Sie erinnerte sich, wie sie sich zu ihrem achten Geburtstag so sehr eine Modelleisenbahn gewünscht hatte. Doch als die Eisenbahn endlich in ihrem Zimmer gestanden hatte, war es für sie nach ein paar Wochen normal geworden und sie hatte das Nächste gewollt. Mit dreizehn hatte sie das Verlangen gehabt, von einem Jungen geküsst zu werden und als es geschah, kam das Bedürfnis nach einem festen Freund. Sie hatte Alex beneidet, die, wenn sie wollte, ihre Freunde wie die Kleidung wechseln konnte. Doch wie oft war es Alex schlecht

gegangen, wie oft hatte die ihr gestanden, dass sie einer anderen Zeit nachtrauerte?
Jetzt wünschte sie, der Alptraum möge ein Ende nehmen, doch was würde danach geschehen? Wäre sie wirklich glücklicher? Konnte sie überhaupt jemals glücklich werden? Sie glaubte nicht daran. Warum war ihr Saskia im Traum erschienen? Ihr Kopf hatte ganz einfach verrückt gespielt, ihr Gespräch mit Nina war zuviel gewesen und alles hatte sich in diesem Traum entladen.
Plötzlich trat die Sonne hinter einer Wolke hervor, ihr gelber Strahl veränderte das Bild draußen, es wurde irgendwie schöner.
Noch immer stand die Ampel auf Rot, noch immer saß das Mädchen im Minirock und knappem Top auf ihrem Roller. Und noch immer stand Sally am Fenster und ließ ihre Gedanken durch den Kopf wandern. Für einen kurzen Moment vergaß sie alles um sich herum, sie vergaß Marcel, sie vergaß Ninas Stimme und den Anblick von Kevins Leiche. Erst als die Ampel auf grün sprang, sprang auch sie in die Realität zurück.
Die Autoschlange unten begann, sich in Bewegung zu setzen und mit ihr das Mädchen auf dem Roller. Als sie über die Kreuzung fuhr, konnte Sally das Kennzeichen des Rollers erkennen. Und sie erschrak. Denn sie kannte das Kennzeichen und mit einem Schlag wurde ihr bewusst, dass es Nina war. Nina, die sich so knapp wie möglich gekleidet hatte. Noch nie hatte sie das getan, Nina und Minirock, diese zwei

Sachen schlossen sich einfach aus. Sie hat etwas vor, schoss es Sally durch den Kopf. Etwas, was sie schon gestern wusste, mir aber nicht gesagt hat.
Und sie ahnte, dass es etwas Furchtbares war.

23. Kapitel

In dem Moment klingelte es.
Als Sally die Tür öffnete, sah sie in Alex lächelndes Gesicht.
»Hey, Sally. Geht's dir besser?«
Wortlos nickte sie. Alex betrat das Haus und umarmte sie.
»Mir nicht, Sally. Und es wird auch nie besser gehen. Kevin kann ich einfach nicht verschmerzen, ganz gleich, was er getan hat.«
»Bist du noch sauer wegen der Fotos?«
»Tut mir Leid. Ich wollte das gestern nicht.«
Sie sah zu Boden. Es tat ihr wirklich Leid, das wusste Sally, nicht eine Sekunde zweifelte sie daran. Auch das mit Kevin war Alex ernst gewesen.
»Sag mal, Sally, wo warst du eigentlich gestern Abend? Ich hab versucht dich zu erreichen, doch du warst nicht zu Hause und dein Handy war auch nicht an.«
»Nina war bei mir, wir saßen auf der Terrasse. Wahrscheinlich haben wir das Telefon deshalb nicht gehört.«
»Und? Wie fühlt sich Nina?«
Sally reagierte nicht darauf.
»Alex, hast du Nina schon einmal Minirock und Top in der Größe XS tragen sehen?«
Alex musste lachen.

»Was sagst du da? Das ist doch nicht dein Ernst, oder?«
»Gerade eben ist sie mit ihrem Roller vorbeigefahren, in genau diesem Aufzug. Es sah aus, als wollte sie jemanden rumkriegen. Und ich schwöre dir, so wie sie aussah wird es ihr gelingen. Doch eins ist seltsam: Gestern hat sie mir noch vorgeheult, dass sie von Saskia träumt und dass sie das Bild ihrer Leiche nicht loswürde. Wie kann sie da so etwas versuchen?«
Alex zuckte mit den Schultern.
»Keine Ahnung, aber ich finde, besonders wichtig ist das jetzt nicht mehr. Wirst du eigentlich zu Kevins Trauerfeier gehen?«
»Nein«, entfuhr es Sally.
»Wieso?«
»Ich würde es nicht ertragen.«
Es stimmte, sie hätte es wirklich nicht ertragen. Sie sah schon vor sich, wie das ablaufen würde. Es würden Bilder von Kevin gezeigt und Geschichten über ihn erzählt werden. »Ich hasse dich.« Das war das Letzte, was sie zu ihm gesagt hatte, das Letzte, was er von ihr gehört hatte. Es verbitterte sie, doch in dem Moment hatte sie einfach nicht anders gekonnt. Alex hatte sich aufs Sofa gelegt und die Augen geschlossen.
»Alex?« Sie bekam keine Antwort. Langsam ging sie zum Sofa und strich ihrer Freundin übers Gesicht.
»Alex, es gibt da etwas, was ich wissen will. Ich habe versprochen, es nicht weiterzuerzählen, aber seit gestern Abend nagt etwas an mir und ich spüre, dass der Fall noch nicht geklärt ist. Ich bin nicht mehr sicher,

ob Marcel der Richtige ist und das mit Ninas ungewöhnlicher Kleidung jagt mir Angst ein, ich glaube, sie hat irgendetwas Schlimmes vor. Ich muss herausfinden, was.«
Müde öffnete Alex die Augen, sie wirkte wie gerädert. »Quatsch, Sally, was du da von dir gibst, sind Hirngespinste, keine Ahnung, wer dir das eingeredet hat. Ich werde mit der ganzen Sache auch nicht fertig, doch wenigstens kann ich noch klar denken. Außerdem habe ich meinen Onkel heute Morgen noch mal gefragt, er hat mir bestätigt, dass es kaum mehr Zweifel daran gibt, dass Marcel Saskia getötet hat. Du weißt ja, dass sie mit ihrem Halstuch erwürgt wurde. Daran wurden noch in der Nacht nach der Schülerfete Fingerabdrücke abgenommen. Und mittlerweile ist klar, dass auch Marcels darunter sind. Und kannst du mir bitte erklären, wie die dahin kommen, wenn er am Abend nicht auf der Schülerfete gewesen ist? Die Polizei hat die Sache noch weiter überprüft und sie haben zwei Mädchen aufgegabelt, die ihn vor dem Eingang des Dance House haben warten sehen. Er ist ihnen durch seine viele Muskeln und sein hübsches Gesicht sofort aufgefallen. Es ist nahezu lächerlich, seine Schuld noch leugnen zu wollen.«
Alex hatte aufgegeben. Es ging ihr schlecht, sie wollte über nichts mehr nachdenken. Doch was sie gesagt hatte, warf in der Tat einen düsteren Schatten auf Marcel. Sally beschloss, notfalls ohne Alex zu Nina zu gehen. Sie musste sie fragen, was sie mit ihrem Outfit gemacht hatte, die Frage ließ sie nicht mehr

los. Außerdem wollte sie sie fragen, was sie von diesen neuen Indizien, die gegen Marcel sprachen, hielt. »Hey, Alex, ich werde jetzt gehen. Wenn du hier bleiben willst, bleib hier.«

Da sie keine Antwort erhielt, ging sie ohne ein weiteres Wort hinaus, zog ihre Jacke an und schloss die Haustür hinter sich. Wieso war Alex plötzlich so fertig? Am Anfang hatte sie den Eindruck erweckt, Saskias Tod ließe sie fast kalt und sie war diejenige gewesen, die mit ihren eigenen Schnüffeleien angefangen hatte. War es Kevins Tod, der sie so umgeworfen hatte? Sie war bei Ninas Haus angelangt. Doch als sie klingeln wollte, sah sie, dass die Haustür offen stand. Im Hausflur hörte sie aus dem Wohnzimmer Ninas Stimme. Doch sie redete so leise, dass Sally nichts verstand.

Jetzt sagte eine zweite Stimme etwas, die sie nicht erkannte. Langsam schlich sie näher heran und spähte durch die Glastür. Plötzlich lief ihr ein Schauer über den Rücken. Sie sah Ray auf der Couch sitzen. Nina, die mit ihrem Minirock ihre Beine über die seinen gelegt hatte und die ihn in diesem Moment versuchte zu küssen. Sie sah noch, wie er sie wegstieß und hörte seine Stimme, die sagte, er könne nicht.

Sally unterdrückte einen Schrei und stürmte hinaus. Sie begann zu rennen. Sie rannte und rannte. Wohin, das wusste sie selber nicht.

24. Kapitel

So war das also. Nina war scharf auf Ray und das bestimmt nicht erst seit gestern. Und gerade versuchte sie, ihn zu verführen. Ihn, dem noch der Tod seiner Freundin in den Gliedern saß. Und es gab keine Saskia mehr, die Nina noch im Weg stand. Wahrscheinlich hatte sie gehofft, dass Ray ihr in seinem psychisch labilen Zustand verfallen würde. Sally keuchte, doch sie hörte nicht auf zu rennen. Nina widerte sie an. Es war gar nicht mehr so unwahrscheinlich, dass sie etwas mit Saskia Tod zu tun hatte. Eifersucht ist das häufigste Motiv für einen Mord. Wo hatte sie das gehört? Oder hatte sie es überhaupt gehört? Und plötzlich war die Angst wieder da. Was hatte sie gestern mit Nina besprochen? Wenn sie etwas mit Saskias Tod zu tun gehabt hatte, warum nahm sie dann Marcel in Schutz? Steckten die beiden etwa unter einer Decke? Es war nicht sehr wahrscheinlich, denn sie waren sich nie grün gewesen, doch was bedeutete das eben?

Ich muss mit Marcel sprechen, schoss es ihr durch den Kopf. Ich muss wissen, wie er darüber denkt, was er mir sagen kann. An der nächsten Kreuzung bog sie ab und rannte weiter, so schnell ihre Füße sie trugen. Sie musste lange drängen, bevor man sie reinließ. Ihre Tasche wurde ihr abgenommen und die Beamten kündigten ihr an, dass die Zelle abgehört wurde. Sie

befürchteten wohl, Marcel könnte sie bitten, etwaiges Beweismaterial zu vernichten.
Bis zur Zellentür wurde sie begleitet, dann ließ man sie allein.
»Sally!« Marcels Stimme klang jedoch eher erstaunt als erfreut. »Was machst du hier?«
»Ich muss mit dir reden, Marcel.«
Sally sah sich um. Das Zimmer war spartanisch eingerichtet und sie wusste genau, sie hätte es nicht einmal einen Tag lang darin ausgehalten.
Marcel blickte sie verächtlich an. »Was willst denn du mit mir bereden? Du und Alex, wegen euch beiden sitze ich jetzt hier. Ihr habt mir hinterherspioniert wie kleine Kinder, die Detektiv spielen und seid dann zur Polizei gerannt. Ich glaube, in meinem ganzen Leben hat mich nichts so angekotzt wie ihr beide.«
So etwas hatte sie nicht erwartet. Natürlich konnte er wütend auf sie sein. Doch dass sie ihn extra aufgesucht hatte, zeigte das nicht, dass sie sich um ihn bemühte?
»Reg dich gefälligst nicht so auf. Nachdem Kevin tot aufgefunden wurde, haben sie uns alle vernommen. Da musste ich nun mal aussagen, was ich wusste. Dass davon vieles gegen dich sprach, hast du dir selbst zuzuschreiben.«
Marcel sah sie feindselig an.
»Was willst du von mir, Sally?«
»Ich hab angefangen, daran zu zweifeln, dass du es warst. Einiges finde ich inzwischen ziemlich merkwürdig.«

Er stand auf und trat vor sie. Mindestens anderthalb Köpfe war er größer als sie. Hasserfüllt blickte er auf sie herab.
»Ach nein, sieh einer an. Hast du das den Bullen auch schon verklickert? Oder hast du sie wieder mit deinen Angstfantasien vollgeheult?«
Am liebsten wäre sie hinausgerannt. Sollte er doch gucken, wie er klarkam. Alex hatte Recht, er verdiente die Haft tatsächlich.
»Ich bin mir nicht mehr sicher und deshalb bin ich zur dir gekommen. Ich nehme an, du weißt, dass es neue Indizien gegen dich gibt. Sie haben deine Fingerabdrücke auf der Tatwaffe gefunden und mittlerweile gibt es Zeugen, die bestätigt haben, dich vor dem Dance House gesehen zu haben.«
Sie hörte, wie er mit den Zähnen knirschte.
»Ja, mein Gott!«, brüllte er. »Von mir aus war ich da. Und?«
»Warum hast du dann erst behauptet, du wärest zu Hause gewesen und später hast du dann noch abgestritten, bei der Schülerfete gewesen zu sein? Warum?« Sie packte ihn an seinem Muskelshirt und rüttelte ihn. Sie wusste, dass er ihr nichts tun würde, sie kannte seine erklärten Hemmungen, wenn es um Gewalt gegen Frauen ging. Doch er riss sich aus ihrem Griff los.
»Es ist verdammt dumm gelaufen und daran seid nur du und diese blöde Kuh Alex schuld. Meinst du, die hätten mir geglaubt, dass ich unschuldig bin, wenn ich zugegeben hätte, eine halbe Stunde, bevor Saskia

ermordet wurde, vor Ort gewesen zu sein? Ich habe Saskia nicht umgebracht, von da her war es auch kein Problem für mich, den Bullen eine kleine Lüge aufzutischen. Doch du und diese verdammte sensationsgeile Tratschtante habt alles zunichte gemacht. Sie haben euch die Story mit den nassen Klamotten abgekauft und es sah für mich noch düsterer aus als sowieso schon.«

Es widerte sie an, wie er über Alex sprach.

»Marcel, du lügst. Du hattest von Anfang an vor, dorthin zu kommen. Und Ray hast du gesagt, du hättest keine Lust, weil du dich für den Wettkampf sammeln müsstest. Was hast du dort gemacht? Was? Hast du deine Drogen verkauft?«

Er grinste.

»Nein, das hab ich nicht.«

»Was war mit dem Chat? Warum hast du vor der Schülerfete mit mir gechattet? Wolltest du mir Angst einjagen? Und warum hast du es in der Schule gemacht?«

Mittlerweile schrie auch sie.

»Ganz einfach. Mein eigener Computer war zu der Zeit kaputt und bei Freunden konnte ich das nicht machen, es sollte ja niemand wissen, dass ich Brad Pitt war. Und ich hab mal vor zwei Jahren einen Schlüssel aus dem Sekretariat gestohlen, deshalb konnte ich dafür gut in die Schule gehen. Und warum ich das getan habe? Ich fand es lustig, einfach nur lustig. Kann sein, dass ich ein paar schlechte Filme zuviel gesehen hab, aber es gab mir einfach einen Kick. Du

warst da übrigens nicht mein einziges Opfer. Es war einfach spaßig, meine Chatpartner an den betreffenden Abenden zu beobachten. Und du schienst mir da ziemlich ideal zu sein. Denn du bist genau der Typ Mädchen, der gleich bei jedem Schwachsinn hysterisch reagiert und der aus jeder Mücke einen Elefanten macht. Deshalb hab ich dir vor der Schülerfete Angst gemacht und es sieht so aus, als hätte es besser funktioniert, als mir lieb ist.«
Sie trat einen Schritt zurück. Sie war seinetwegen hergekommen, sie hatte so viel getan, um der Wahrheit auf die Spur zu kommen. Wie konnte er es wagen, ihr so etwas ins Gesicht zu sagen. Innerlich kochte sie vor Wut, doch sie wollte sich nichts anmerken lassen. Den Triumph wollte sie ihm nicht mehr gönnen.
»Was ist mit dem Brief?«, presste sie hervor. »Er muss an dich adressiert gewesen sein, Saskia hat dich erpresst. Warum streitest du es auch noch ab?«
»Das werde ich bis an mein Lebensende abstreiten, Kleine. Saskia hat weiß Gott wen erpresst, aber nicht mich. Ich kann dir genau die Leute sagen, die mit Drogen zu tun haben, denen ich das Zeug täglich verkaufe. Leute, die um dich sind, mit denen du jeden Tag redest. Du hast von nichts eine Ahnung und spielst dich auf wie eine allwissende Göttin. Ich kann dir aber einen Grund sagen, warum Saskia es niemals gewagt hätte, mir zu drohen. Wir beide hatten was miteinander.«
Sie glaubte, sich verhört zu haben. Was hatte er da gesagt?

»Wie bitte?«
Er zog eine arrogante Fratze.
»Ja, du hast schon richtig gehört. Saskia und ich hatten was miteinander. Und jetzt weißt du auch, warum ich bei der Schülerfete war. Jetzt weißt du, warum ich mit Saskia bei der Mauer war. Und jetzt weißt du hoffentlich auch, woher meine Fingerabdrücke auf ihrem Halstuch stammen.«
Er log ihr ins Gesicht, das spürte sie genau. Es war ausgeschlossen, dass Saskia Marcel ihrem Freund Ray vorgezogen haben sollte. Und warum hatte Marcel das dann nicht viel früher erzählt?
»Ich glaub dir kein Wort. Ich weiß genau, wie glücklich Saskia und Ray miteinander waren. Ray war beliebt, durch ihn lernte sie viele Leute kennen, er sah gut aus und Saskia hätte sich keinen Besseren wünschen können. Was hätte sie mit dir anfangen sollen? Du warst und bist unbeliebt, unsere Klassenstufe hätte es ihr niemals verziehen, wenn sie sich an dich drangehängt und Ray dafür sitzengelassen hätte. Außerdem schleppst du doch nach jedem Discobesuch eine ab, von der andere nur träumen können, es ist lächerlich, dass du dich in Saskia verliebt haben willst.«
Er lachte. Laut und gehässig.
»Du hast ja so Recht, Kleine. Ich habe sie auch nicht geliebt. Ich hatte auch nicht vor, mit ihr eine langjährige Beziehung anzufangen. Ich hab das nur getan, um sie Ray wegzunehmen. Ray hat immer in meinem Schatten gestanden und er sollte es auch diesmal tun. Der Arme hat leider noch nichts von seinem Glück

gewusst, er hatte keine Ahnung, dass ich seine liebe Freundin schon rumgekriegt hatte. Wahrscheinlich sitzt er jetzt zu Hause und heult um seine große Liebe, die jetzt im Grab liegt, wenn er sie nicht wegen irgendwelcher Minderwertigkeitskomplexe selbst getötet hat. Ich wollte die Bombe erst später, nach dem Leichtathletikwettkampf hochgehen lassen. Doch leider bin ich nicht mehr dazu gekommen.«

Finster sah sie ihn an. Es war klar, er konnte nur die Unwahrheit gesagt haben, doch allein wegen seiner Äußerung über Ray hätte sie ihn am liebsten ins Gesicht geschlagen. Sie merkte, dass sie es hier nicht länger aushalten würde. Ein letztes Mal blickte sie in sein Gesicht. Er wusste, wie es um ihn stand, und doch grinste er über das ganze Gesicht. Es war das gleiche Grinsen, wie vor dem Wettkampf, das gleiche Gesicht, der gleiche Mund, der sagte: »Gut mitgehalten Ray, aber gegen mich hast du keine Chance.« Sie hasste sein Gesicht, sie hasste es abgrundtief.

»Ich werde jetzt gehen, Marcel, ich weiß mittlerweile genug. Auf jeden Fall wünsche ich dir viel Spaß bei deinem Gefängnisaufenthalt und wegen deiner Drogengeschäfte.«

Mit schnellen Schritten verließ sie das Zimmer.

»Sally?«

Noch einmal drehte sie sich um.

»Fahr zur Hölle, du Schlampe!«

Wütend schlug sie die Tür hinter sich zu. Erst als sie wieder draußen an der frischen Luft war, konnte sie wieder denken. Viel hatte ihr Gespräch nicht gebracht, sie hatte kaum etwas Neues erfahren. Bis auf die Sache mit dem Verhältnis zwischen Marcel und Saskia, was zweifelsohne gelogen war. Ihr kam das Bild in den Sinn, wie sich Ray und Saskia vor dem Dance House geküsst hatten. Nein, sie war ihm auf keinen Fall untreu gewesen, Marcel hatte hundertprozentig gelogen. Aber warum? Und was, wenn er die Wahrheit sagte?

25. Kapitel

Als sie nach Hause kam, sah sie Nina vor ihrer Haustür stehen.
»Sally, wo warst du? Ich wollte mit dir reden, aber es war nur Alex bei dir. Sie hat mir erzählt, du wolltest zu mir, aber ...«
»Lass uns erst mal reingehen«, entgegnete Sally grimmig.
Verwundert ließ Nina sich von ihr ins Haus ziehen.
»Sally, alles in Ordnung? Was ist los mit dir?«
»Du irrst dich sehr, meine Liebe. Ich war sehr wohl bei dir und ich hab auch gesehen, was du gemacht hast. Du bist nichts weiter als eine Heuchlerin. Seit wann bist du scharf auf Ray? Seit wann?«
Sie schrie so laut, dass ihr die Tränen in die Augen traten. Plötzlich spürte sie, wie ihre Kräfte sie verließen, sie schleppte sich zum Sofa und ließ sich fallen. Sie konnte nicht mehr schreien. Sie war nur noch am Ende, sie hatte keine Energie mehr, irgendwas zu tun.
Nina war wie angewurzelt stehen geblieben. »Beruhige dich Sally, ich mach uns etwas zu trinken.«
Mit halbem Ohr hörte sie, wie Nina in der Küche herumwerkte. Sie kam mit zwei Cocktails wieder. Durch den Schleier ihrer Tränen erkannte sie, wie Nina sich neben sie setzte.
»Wie konntest du nur?«, brachte Sally endlich hervor.
»Wie konntest du nur?«

»Trink den Cocktail, Sally, dann geht's dir besser.«
»Wie viel war gelogen, von dem, was du mir gestern Abend gesagt hast, Nina? Wie viel?«
»Nichts. Ich hab dir bei allem die volle Wahrheit gesagt. Ich habe dir enthüllt, was ich gedacht und gefühlt habe. Mit der Sache zwischen mir und Ray hat das nichts zu tun.«
Ninas Stimme klang traurig und fast reumütig, als wollte sie ihr Vertrauen zurückgewinnen. Doch Sally wusste, dass sie sich nicht einwickeln lassen durfte.
»Was? Was ist zwischen Ray und dir, hm?«
»Gar nichts, Sally.«
»Du hast Saskia umgebracht«, entfuhr es ihr. Entsetzt sah Nina sie an.
»Was hast du gesagt? Was habe ich getan? Tickst du noch ganz richtig?«
Sally biss die Zähne zusammen: »Gestern Abend hast du es noch selber gesagt, jeder kommt in Frage. Also reg dich nicht so auf, klar?«
Nina ließ den Kopf hängen: »Ich hätte das niemals getan. Niemals hätte ich Rays Freundin umgebracht. Niemals hätte ich ihm das angetan.«
»Nein«, entgegnete Sally zynisch. »Das hättest du nicht. Dafür wolltest du ihn viel lieber ein wenig mit deinem Minirock trösten, nicht wahr? Nie hätte ich gedacht, dass du so ein billiges Flittchen bist.«
Sie sah Ninas Gesicht, doch es kam ihr seltsam gefasst vor. Mit einem Mal sah sie wieder selbstsicherer aus.
»Es musste sein, Sally.«
»Wieso?«

»Das kann ich dir jetzt nicht sagen. Doch glaub mir einfach, es ging nicht anders. Und jetzt lass uns von was anderem reden, okay? Trink doch endlich deinen Cocktail, ich hab ihn genauso zubereitet, wie du ihn magst?«
Bei dem Gedanken an den süßen Geschmack wurde ihr schlecht. Sie dachte, dass Nina sie verarschte, doch sie konnte nichts dagegen tun. Wenn die nicht mit der Sprache rausrücken wollte, dann konnte sie kein Mensch der Welt dazu bringen.
»Wo warst du eben?«, fragte Nina.
»Bei Marcel«, antwortete sie tonlos. »Ich hab ihn in der Haft besucht. Er kotzt mich mehr an als je zuvor. Ich wollte mich um ihn bemühen, doch er hat mich nur beschimpft und über Alex geredet wie über den letzten Dreck. Von mir aus kann er gucken, wo er bleibt.«
Sie hatte mit Nina über die Indizien reden wollen, doch nun würde sie ihr nichts mehr anvertrauen, gar nichts.
»Ich nehme an, du willst mir nicht erzählen, was er dir gesagt hat, nicht wahr, Sally?«
Ninas Handlung war nur widerwärtig gewesen und sie wollte ihr ja auch nichts erklären. Warum glaubte sie dann, Anspruch auf irgendwelche Informationen zu haben?
»Da hast du allerdings Recht«, stieß Sally hervor. »Nicht nach dem, was du getan hast.«
Sie hörte ein Echo in ihrem Kopf, Marcels Worte: Ich kann dir genug Leute sagen, die mit Drogen zu tun

haben, denen ich das Zeug täglich verkaufe. Leute, die um dich sind, mit denen du jeden Tag redest.«
Sie schluckte und spürte gleichzeitig, wie ihr eine Gänsehaut den Rücken hinunterlief.
»Wie du weißt, hatte ich auch schon meine Probleme mit der Polizei.« Nina hatte das gesagt.
Nina. Es schoss ihr durch den Kopf und sie begann zu zittern. Es ist gut möglich, dachte sie.
Es ist gut möglich, dass es Nina gewesen ist, die von Saskia erpresst wurde. Die musste verschwinden, und nebenbei hatte Nina nun auch noch die Möglichkeit, sich Ray unter den Nagel zu reißen. Wie hatte die Schülerfete geendet? Damit, dass Nina Saskias Leiche gefunden hatte. Für eine Mörderin wäre es ausgesprochen klug gewesen, so zu tun, als wäre sie diejenige gewesen, die ihr Opfer gefunden hatte und sich nachher mit melancholischen Reden aufzuspielen. Doch warum nahm Nina dann Marcel so sehr in Schutz? Warum? Und hätte sie nicht anders reagiert, als Sally es ihr direkt ins Gesicht gesagt hatte?
Ninas Stimme riss sie aus ihren Gedanken.
»Du hast Recht, Sally. Du misstraust mir mittlerweile und es wäre von deiner Warte aus gesehen idiotisch, mir noch irgendwas mitzuteilen. Und es würde nichts nützen, wenn ich dir sage, dass ich Saskia nicht umgebracht und dass ich mit Drogen nichts zu tun habe.«
Geh weg, Nina, dachte sie. Geh weg und lass mich in Ruhe.
Eigentlich wollte sie reden, irgendjemandem erzählen, was sie dachte. Doch wem schon? Es gab keinen,

dem sie hätte vertrauen können. Niemals würde es das wieder geben, vor jedem musste sie Angst haben. Ja, es war Angst. Nackte Angst. Vor einer, der sie früher alles hatte erzählen können.
»Trink etwas, Sally. Glaub mir, dann fühlst du dich besser.«
Langsam setzte sie sich auf und führte das Glas zum Mund. Wenn Nina sie hätte umbringen wollen, hätte sie das längst tun können. Sie hätte ein Messer aus der Küche mitbringen können oder den Cocktail ...
Ein Schreck fuhr ihr durch die Glieder. Sie sah die rote Farbe im Glas. Der Cocktail ist vergiftet!
Tausendmal hörte sie diesen Satz, aus allen Ecken des Zimmers drang er zu ihr. Panisch schrie sie und warf das Glas um.
Nina versuchte sie festzuhalten und zu beruhigen, doch sie schrie nur noch lauter.
»Sally, was ... Was ist denn nur in dich gefahren? Was ist los mit dir? Sally!«
Wie ein Kind, dem die Luft abgedrückt wird, schlug sie um sich. Als sie sich losgerissen hatte, stürzte sie hinaus. Sie hörte nicht mehr, dass Nina ihr nachrief, sie wollte nur noch weg. Weg von dem, was ihr Angst machte. Weg von dem, was sie verfolgte. Ihr fiel Ray ein. Ja, er war vermutlich zu Hause. Bestimmt würde er sie reinlassen, mit ihr reden, um ihre Gedanken zu ordnen. Um fliehen zu können.

26. Kapitel

Ray schaute sie überrascht an, als er die Tür öffnete.
»Alles in Ordnung, Sally?«, fragte er, als er sah, dass sie völlig außer Atem war.
Sie schnappte nach Luft und nickte. Wortlos führte er sie in sein Zimmer, wo der Fernseher lief.
Erschöpft legte sie sich auf sein Bett und sah ihn an. Er war wesentlich blasser als sonst und sein schwarzes Haar war ungekämmt. In seinen braunen Augen las sie Müdigkeit und Lustlosigkeit. Nach ein paar Minuten wurde sie ruhiger und beobachtete ihn. Sie kannte die Actionserie, die er sich gerade ansah. Soviel sie wusste, fand er sie hirnlos und dumm.
»Macht's Spaß?«, fragte sie.
»Nein, tut es nicht. Doch ich muss mich irgendwie betäuben. Und das geht am besten, wenn ich Kopfschmerzen hab. Deshalb schaue ich schon den ganzen Tag fern.«
»Du bist wohl verrückt geworden. Willst du dein ganzes Leben lang betäubt weiterleben?«
Er starrte weiter auf den Bildschirm. »Keine Ahnung. Wenn's mir Spaß macht, vielleicht.«
Monoton und gleichgültig, das waren wahrscheinlich die richtigen Worte, wenn man den Klang seiner Stimme beschreiben wollte.
»Hör mal, Ray, kannst du mich wenigstens ansehen, wenn ich mit dir rede? Und jetzt mach gefälligst den

Fernseher aus, sonst tu ich es.«
Jetzt drehte er langsam seinen Kopf.
»Weswegen bist du eigentlich hier, Sally?«
»Ich wollte schauen, wie es dir geht, immerhin haben wir uns nach unserem Verhör bei der Polizei gestern nicht mehr gesehen. Aber dein Zustand scheint nicht gerade rosig zu sein.«
Mit der linken Hand knipste er den Fernseher aus: »Nein, da hast du Recht. Was soll ich nach Kevins und Saskias Tod überhaupt noch anfangen? Soll ich wieder in die Schule gehen? Soll ich mich bei der nächsten Schülerfete wieder sehen lassen und sagen: Hey, ist doch alles in Ordnung, oder? Es gibt nichts mehr, was ich tun kann.«
Ihr fiel plötzlich ein, was Marcel über sich und Saskia gesagt hatte. Doch sie musste vorsichtig sein.
»Sag mal, Ray? War Saskia in der Zeit vor ihrem Tod manchmal komisch drauf?«
Er schüttelte den Kopf: »Nein, wie kommst du darauf?«
»Kann es vielleicht sein, dass sie viel allein unternommen hat, mehr als früher?«
»Nicht, dass ich wüsste. Sie hat fast alles mit mir gemacht.«
Es wollte ihr nicht so ganz einleuchten.
»Aber wie erklärst du es dir dann, dass du von ihren Machenschaften als Erpresserin nichts wusstest und dass sie die Fotos mir und nicht dir anvertraut hat?«
Er zuckte mit den Schultern: »Keine Ahnung, ich nehme an, sie wollte mich einfach nicht enttäuschen.

Wahrscheinlich hat sie gefürchtet, ich würde mit ihr Schluss machen, wenn ich dahinter komme, dass sie eine Kriminelle ist.«

»Hättest du es denn getan?«

»Niemals«, sagte er sofort. »Ich hab's dir schon mal gesagt. Es ist mir auch im Nachhinein völlig gleich, dass sie diesem Idioten Marcel ein wenig von seinem kriminell verdienten Geld abgedrückt hat, er hatte es sowieso nicht besser verdient.«

Ja, dachte sie. Vielleicht freut sich Ray sogar über Marcels Verhaftung. Ihr kam in den Sinn, was Marcel über ihn gesagt hatte. Marcels erklärtes Ziel war es anscheinend tatsächlich, Ray in allen Bereichen in seinen Schatten zu stellen.

»Wie denkst du eigentlich über seine Verhaftung, Ray? Glaubst du, er war es?«

Spöttisch lachte er. »Was willst du damit sagen? Alle Spuren führen zu ihm, alle Indizien sprechen gegen ihn, er hat die Tat so gut wie gestanden, was gibt es da noch herumzuzweifeln?«

Ihre Panik von vorhin war so gut wie verflogen. Sie wusste nicht wieso, aber es beruhigte sie, hier zu sitzen und alles noch mal mit Ray zu besprechen.

»Ganz einfach, Ray. Es gibt da ein paar Dinge, die meiner Meinung nach eher von ihm weg als zu ihm hin weisen.«

»Und die wären?«

»Der Chat zum Beispiel. Wenn er Saskia ermordet hat, um sie mundtot zu machen, damit sie das mit seinen Drogengeschäften nicht ausplaudern konnte, wä-

re er dann so vermessen gewesen, seine Tat vorher anzukündigen?«
Es schien Ray nicht sonderlich zu beeindrucken, sein Gesicht blieb regungslos.
»Bei Marcel ist alles möglich, du weißt doch genau, wie arrogant er ist.«
»Ja, bei Marcel ist vieles möglich, aber das nicht. Er ist vielleicht arrogant, aber nicht dumm. Er würde niemals ein Risiko zuviel eingehen. Er hatte auch bei eurem Leichtathletikwettkampf alles genau kalkuliert. Er wusste genau, wo er wie viele Punkte machen musste, um gegen dich zu gewinnen. Niemals hätte er ernsthaft riskiert, den Titel an dich zu verlieren.«
Die Erinnerung an den Wettkampf war ihm unangenehm, das wusste sie genau. Sie hatte da einen seiner wunden Punkte getroffen, er konnte ausrasten, wenn man auf seinen Niederlagen herumritt.
»Willst du was essen, Sally? Ich hol uns was.«
Erst als er es sagte, merkte sie, wie hungrig sie war. Als er hinausgegangen war, stand sie auf und ging im Zimmer herum. Wie in Trance setzte sie sich an seinen Schreibtisch. Er war in einer solchen Unordnung, dass man vor Heften und Büchern kaum noch einen Ablageplatz für seine Hände fand. Sie begann, seine Bücher in das nebenstehende Regal einzusortieren, dabei wurde die Schreibfläche größtenteils frei. Sie stützte den Kopf in ihre Hände und betrachtete seine Papierunterlage. Ein albernes Männchen war darauf abgebildet, auf dessen T-Shirt ein Werbeetikett für die Marke des Schreibtisches klebte. Auf das Papier hat-

te irgendjemand das Wort ›Geld‹ geschrieben. Sie überlegte. An was musste die Person, die es geschrieben hatte, gerade gedacht haben? Hatte sie von dem großen Geld geträumt wie Kevin und sie damals? Oder war es bloß eine Notiz?
Doch bei allen ihren Gedanken fiel ihr auf, dass ihr die Schrift bekannt vorkam. Sie hatte das Wort schon einmal gelesen und zwar von demselben Verfasser. Und plötzlich fiel es ihr ein, woher sie es kannte. Das Wort hatte im Erpresserbrief gestanden und zwar genau so, wie es jetzt hier auf Rays Schreibtischplatte geschrieben war. Und als Ray das Zimmer wieder betrat, wurde ihr kalt. Denn mit einem Mal begriff sie es.
»Was ist los mit dir, Sally? Was guckst du so versteinert?«
Wie paralysiert saß sie da und sah ihn an. Sie atmete schwer.
»Ray, du hast den Erpresserbrief gar nicht bei Saskia gefunden, du hast ihn selbst geschrieben. Und hier auf deiner Schreibtischplatte hast du ihre Schrift geübt. Für alles, was geschehen ist, bist du verantwortlich. Ist es so?«
Er ließ das Tablett fallen und schritt auf sie zu. Langsam. Immer näher kam er. Angsterfüllt sprang sie auf und wich zurück. Als sie merkte, dass die Wand sie an einer Flucht hinderte, sackte sie zu Boden und sah zu ihm auf.
»Ja«, sagte er so langsam er konnte. »Es ist so. Ich habe Saskia umgebracht, ich habe Kevin umgebracht.

Und ich habe den Erpresserbrief geschrieben, es war mein Geniestreich, durch den mir niemand auf die Schliche kommen konnte. Du hast Recht, Sally. Alles, was hier geschrieben steht, geht auf mein Konto. Alles.«

Ruhig stand er vor ihr, wenn auch innerlich bebend.

27. Kapitel

Sallys Herz begann, wie wild zu schlagen, die Bilder der letzten Tage flogen durch ihren Kopf. Am liebsten hätte sie vor Verzweiflung geheult, doch Todesangst schnürte ihr die Kehle zu.

»Es stimmt, was Marcel gesagt hat«, würgte sie hervor. »Saskia und er hatten was miteinander, nicht wahr?«

Wie gebannt sah Ray zu ihr hinunter. Sein Blick wirkte fast, als wäre er neben sich.

»Marcel hat Recht gehabt, ich war nichts Besseres als sein Schatten.«

Noch immer sprach er langsam, jede Silbe betonend.

»Erinnerst du dich noch an den Leichtathletikwettkampf, Sally? Mit Sicherheit hast du Recht, er hat alles so kalkuliert, dass er den Titel gewinnen würde, nur wollte er das noch richtig in Szene setzen. Schon vor dem Tausendmeterlauf habe ich geahnt, wie er ausgehen würde, trotzdem habe ich gekämpft, doch es hat mir nichts genützt. Als ich nicht mehr konnte, lief er neben mir. Ruhig und entspannt. Und dann hörte ich seine Stimme: ›Gut mitgehalten, Ray, aber gegen mich hast du keine Chance.‹ Und ich war machtlos. Vor der ganzen Schule verlor ich und er ergötzte sich daran. Als ich dann am Boden lag, sah er auf mich herab. Dieses höhnische Grinsen werde ich mein Leben lang nicht vergessen. ›Das war's wohl,

nicht wahr Ray?‹, sagte er und wusste, dass ich nicht mehr die Kraft hatte, aufzustehen.
Diesen Wettkampf kannst du als Symbol für meine Beziehung zu ihm nehmen. Seit ich ihn kenne, hat Marcel mir das Leben zur Hölle gemacht. Weißt du, wie das ist, Sally? Du kannst nichts sagen, ohne das jemand auftaucht und dich dafür auslacht, du kannst ihm nicht begegnen, ohne von ihm verachtet und verletzt zu werden. Sobald ich etwas hatte, sobald ich etwas konnte, tauchte er auf, um alles noch viel besser zu machen. Erinnerst du dich an das Schullandheim, als ich damals hundertfünfzig Liegestütze gemacht habe? Als Marcel davon erfuhr, forderte er mich heraus und weil es um meine Ehre ging, musste ich annehmen. Er hat die Mädchen, von denen er genau wusste, dass sie mir wichtig waren, als Zuschauer eingeladen, nur um mich vor ihnen zu demütigen. Und er schaffte doppelt so viele Liegestütze wie ich. Ich habe mich zusammengerissen, um ein guter Verlierer zu sein, doch er hat mich nur ausgelacht und mich eine Memme genannt.
Bei euch war Marcel unbeliebt, doch er war kein Außenseiter. Die Welt unserer Schule war ihm nur zu klein geworden, er hing fast nur noch mit Älteren herum. Einmal habe ich ihn mit seiner Clique im Leichtathletikstadion getroffen, auch seine Freunde haben sich über mich lustig gemacht, sie haben einen Kreis um mich gebildet, um mir Angst einzujagen und als sie mich wieder rausließen, stellte Marcel mir noch ein Bein, sodass ich hinfiel. Alle lachten, öffne-

ten ihre Bierflaschen und er prostete seinen Kumpels zu.
Und ich konnte ihm nicht verbieten, mich zu verspotten, denn er war stärker als ich. Niemals konnte ich ihn übertrumpfen, denn in jedem Wettkampf siegte er. In all den Jahren trug ich es mit mir herum, nie habe ich mit jemandem drüber geredet. Stattdessen habe ich mir eine Fassade aufgebaut. Die Fassade des immer gut gelaunten lächelnden Jungen, der über allem steht.
Freude am Leben fand ich erst wieder, als Saskia mit mir zusammen war. Die andern haben komische Bemerkungen darüber gemacht, doch es war mir egal. Immer und überall konnte ich zu ihr stehen. Denn sie habe ich geliebt. In ihr hatte ich einen Menschen gefunden, der immer für mich da war, auf den ich mich immer verlassen konnte und für den ich alles gegeben hätte. Ich wusste genau, für sie wäre ich einmal um die Welt gelaufen.
Die Peinigungen Marcels gingen weiter, doch ich konnte sie leichter ertragen, langsam begann ich tatsächlich, über den Dingen zu stehen.
Und dann ging es bergab. Vor ungefähr zwei Wochen nahm das Unheil seinen Lauf. Ich fing einen Blick zwischen Saskia und Marcel auf. Er versetzte mir einen Schlag vor den Kopf, ich ahnte, dass zwischen den beiden etwas lief. Eines Nachts bin ich meiner Freundin gefolgt und habe sie beim Knutschen gesehen. ›Was glaubst du, Saskia‹, sagte er. ›Was macht Ray gerade?‹ Und da hat sie gelacht. Über mich ge-

lacht. ›Wahrscheinlich sitzt er zu Hause bei seiner Mami‹, hat sie gesagt. Ich bin nach Hause gerannte und habe mit den Fäusten gegen den Boden geschlagen, bis mir die Hände schmerzten. Als ich mein Spiegelbild sah, zerschlug ich das Glas. Ich habe geheult. Es waren Tränen der Wut und der Verzweiflung. Ich habe mir ein Messer aus der Küche geholt und bin damit durchs Haus gerannt. Ich habe mir vorgestellt, Marcel wäre da. In Gedanken habe ich ihn gesehen, wie er mich um Hilfe anfleht. Und mich, wie ich gelacht und ihn dann aufgeschlitzt habe. In dieser einen Nacht wurde aus meiner Liebe zu Saskia der größte Hass, den ich je empfunden habe. Ein Hass auf mich selbst, denn ich hatte erneut versagt. Und ein Hass auf die beiden, denn Marcel hatte mir nun auch das Letzte genommen. In dieser einen Nacht fasste ich meinen Plan. Mich an den beiden zu rächen. Saskia umzubringen und Marcel alles heimzuzahlen, was er mir angetan hatte.
Verstehst du mich jetzt, Sally?«
Schluchzend nickte sie, denn sie verstand ihn.
»Nächtelang lag ich wach, tagelang grübelte ich, Sally. Und alles, um den perfekten Mord auszuklügeln. Ein paar Tage vor der Schülerfete kam mir die Idee. Schon lange spielte ich mit dem Gedanken, Saskia umzubringen und Marcel die Sache anzuhängen. In der Zeit habe ich auch herausgefunden, dass Marcel ein Drogendealer ist. Außerdem war er bei uns wegen seiner Arroganz unbeliebt. Ich wusste genau, dass es in Saskias Bekanntenkreis keinen geben würde, der

ihm nachtrauerte. Und die Erkenntnis, dass er ein Verbrecher war, erleichterte mir das Ganze noch. Denn wer einmal lügt, der lügt auch zweimal. Ich hab ihn mal bei seinem blöden Gechatte beobachtet, auch das passte hervorragend. Mein Plan stand fest. Ich würde Saskia auf der Schülerfete umbringen und durch einen einfachen aber schwerwiegenden Trick eure Aufmerksamkeit von mir auf Marcel lenken. Und dieser Trick war die Finte mit den Fotos.«
Nun wurde ihr alles klar, wie Schuppen fiel es ihr von den Augen.
»Saskia ist überhaupt nicht wegen der Fotos ermordet worden«, flüsterte sie zitternd.
»Nein. Doch das Ablenkungsmanöver war perfekt. Ich wusste genau, dass Saskia ihre Beziehung zu Marcel vor mir geheim halten wollte. Deswegen war sie stets darum bemüht, mir jeden Wunsch zu erfüllen, damit ich nicht argwöhnisch wurde. Ich schlug ihr wie einem Kind vor, dass es doch lustig wäre, dich, Sally, ein wenig an der Nase herumzuführen. Sie lachte und gab mir Recht. Ich erzählte ihr meine Idee. Sie sollte dir irgendwelche gewöhnlichen noch nicht entwickelten Urlaubsfotos vorbei bringen und dabei so tun, als wäre ihr Inhalt ungeheuer wichtig. Wir lachten beide, als wir uns dein Gesicht bei der Übergabe vorstellten. Sie lachte noch lauter als ich, sie lachte darüber, wie sie mir helfen würde, sie umzubringen. Und mein Plan ging auf. Ich folgte ihr zu deinem Haus und sah, dass sie sich genauso verhielt, wie ich es wollte. Ich habe dir deine Neugier an der Nasen-

spitze angesehen. Und da war mir klar, dass du nicht lange brauchen würdest, um dahinter zu kommen, dass Saskia wegen der Fotos umgebracht worden ist.«

Wie auswendig gelernt, durchfuhr es sie. Saskias Worte, als sie ihr die Fotos übergab, hatten wie auswendig gelernt gewirkt. Jetzt wusste sie warum.

»Niemand durfte dahinterkommen, dass ich von der Beziehung zwischen Marcel und Saskia wusste. Ich spielte euch allen die heile Welt vor, tat so, als sei alles rosig zwischen uns. Vor dem Dance House knutschte ich noch so auffällig mit ihr, dass alle es sehen konnten.«

Ja, auch das war ihr aufgefallen. »Ich habe es gemerkt, Ray. Ich habe gemerkt, dass mit Saskia irgendwas nicht stimmte. Ihr Geknutsche mit dir, ihre Geheimniskrämerei vor meiner Haustür. Ich habe geglaubt, sie hätte sich innerhalb von ein paar Stunden völlig verändert.«

Ray nickte: »Mir war klar, dass es euch komisch vorkommen könnte, ich hatte das mitberechnet. Marcel hatte behauptet, nicht zur Schülerfete zu kommen, doch ich wusste, dass er kommen würde. Ich wusste, was er vorhatte. Mir war klar, dass sie ihn später daran aufhängen würden. Als Saskia nach dem Treffen mit Marcel wieder kam, ging ich mit ihr zur Mauer. ›Dreh dich um, Süße‹, sagte ich. ›Ich habe eine Überraschung für dich.‹ Sie kicherte naiv, hielt sich mit beiden Händen ihre Augen zu und tat bereitwillig, was ich wollte. Es war ihr Todesurteil. Als sie sich zu mir umgedreht hatte, zog ich mir Handschuhe an und riss ihr das Halstuch aus der Tasche. In weniger als einer Sekunde hatte ich es um ihren Hals geschlungen und zugedrückt. Sie konnte nicht mehr schreien, sie blickte mich nur flehend an. Sie öffnete ihren Mund, um etwas zu sagen, doch es kam kein Ton heraus. ›Weißt du, wo ich jetzt hingehe? Zu meiner Mami‹, sagte ich. Sie hatte sofort verstanden, was ich meinte, Tränen traten ihr in die Augen. Ihre Hand berührte meine Wange, um mich ein letztes Mal um ihr Leben anzuflehen. Und in dem Moment wusste ich, dass ich einen Fehler machte. Dass ich sie trotz allem immer noch liebte und dass ich sie vermissen würde. Doch es gab kein Zurück mehr.

Ich wartete, bis sie nicht mehr atmete, kehrte zurück ins Dance House, tanzte mit dir und spielte euch das Theater des entsetzten Freundes vor, der gerade erfährt, dass man seine Freundin umgebracht hat.«

Sie erinnerte sich an sein Gesicht, an dieses Zucken. Sie hätte ihren Kopf darauf gewettet, dass es echt gewesen war. Sie hatte Saskia vor Augen, wie sie ihn anflehte. Genauso, wie in ihrem Traum letzte Nacht.

Am nächsten Tag kam der Wettkampf. Meine Niederlage und Marcels widerliches Verhalten gaben mir einen neuen Schub. Als ich danach bei dir zu Hause war, hörte ich, wie Alex anrief. Ich hab mitbekommen, dass sie Marcel verfolgte und gemerkt, dass ihr angebissen habt. Ich bin euch gefolgt und habe gesehen, wie ihr herausgefunden habt, dass Marcel mit Drogen dealt. Es war der richtige Moment für meinen Erpresserbrief. Ich hatte ihn schon länger verfasst, doch nun musste er zum Zuge kommen. Ich nahm die Maschine meines Vaters, fuhr dir hinterher und zeigte dir und später Kevin den Brief. Von diesem Augenblick an war die Sache gelaufen, eure ganze Aufmerksamkeit konzentrierte sich auf diese Fotos. Mit ihnen glaubtet ihr, Marcel überführen zu können, ihr habt euch den Kopf darüber zerbrochen, was genau darauf zu sehen war. Dabei war alles nur eine Täuschung. Eure gesamte Energie hatte ich in die falsche Richtung gelenkt. Jetzt gab es nur noch eines zu tun. Und zwar zu verhindern, dass du die Fotos abholen konntest. Denn dann hättest du sofort gewusst, dass Saskia nicht deswegen umgebracht worden war. Also begann die Jagd auf die Fotos.«

Die Tränen rannen ihr über die Wangen, als er fortfuhr. Sie wusste nicht einmal genau, warum, aber sie weinte einfach. Vor Kummer, vor Erschöpfung und vor Angst.

»Diese Jagd auf die Fotos hat ein weiteres Opfer gekostet und das war Kevin. Nachdem ich ihm den Erpresserbrief gezeigt hatte, fing er an, herumzuschnüffeln. Doch auch das konnte ich ausnutzen, denn ich brauchte mir nicht mehr den Kopf darüber zu zerbrechen, wie ich dir die Fotos unauffällig vor der Nase wegschnappen konnte, ich benutzte Kevin als mein Werkzeug. Er sollte die Fotos für mich abholen, damit auf mich kein Verdacht fiel.

Er hat sich überschätzt, er wollte unbedingt groß rauskommen, den Fall selber aufklären. Einmal in seinem Leben wollte er im Mittelpunkt stehen, von allen

bewundert werden. Doch sein größter Fehler war, dass er mich für seinen Verbündeten gehalten und mir alles anvertraut hat. Daher wusste ich auch, dass er in der ersten großen Pause die Fotos abholen wollte.«
Er machte eine kurze Pause und sah sie an.
»Du weinst, Sally. Auch ich habe geweint, nachdem ich ihn umgebracht hatte. Ich konnte niemanden mehr töten, doch ich musste es. Ich bin ihm zum Fotogeschäft nachgeschlichen, ließ ihn die Fotos abholen und bin dann durch ein offenes Fenster in sein Haus eingedrungen, dasselbe Fenster, das ich ein paar Stunden später mit dem Stein zerschlug. Ich wollte ihn zuerst gar nicht umbringen. Ich wollte die Fotos stehlen und abhauen. Ich dachte, er macht sich vielleicht was zu trinken und lässt sie auf der Treppe liegen. Doch ich hatte keine Wahl, denn das erste, was er tat, als er nach Hause kam, war, die Fotos auszupacken. Und dann sagte er es: ›Ray hat mich verarscht. Saskia ist nicht wegen dieser Bilder umgebracht worden, der Erpresserbrief war nichts als eine Täuschung.‹ Panisch überlegte ich, was ich machen sollte und doch wusste ich, dass ich gezwungen war, es zu tun. Als ich hinter ihm stand, gab ich ihm einen Schubs, sodass er die Treppe hinunterfiel. Er war sofort tot. Als ich sein Gesicht sah, habe ich mich neben ihn gesetzt und geheult. Ich wollte ihn nicht töten, doch er war bei der Jagd auf die Fotos nicht nur mein Verbündeter, sondern auch mein schlimmster Feind geworden.
Nach zwei Minuten besann ich mich, sah mich um,

ob ich keine Spuren hinterlassen hatte und kehrte zu euch an die Schule zurück. In der Pause unterhielt ich mich mit dir, wir trafen unsere Abmachung und ich zog nach der Schule die Show von dem Geknickten ab, der seinen Freund tot auffindet. Ich wusste, dass man zunächst damit rechnete, ich hätte ihn beim Reingehen getötet, doch die Obduktion ergab dann ja, dass er in unserer ersten großen Pause getötet worden war, also nicht von mir. Und damit war ich aus dem Schneider. Von dem Moment an brauchte ich keine Angst mehr haben, geschnappt zu werden, denn ich hatte keinen Fehler begangen. Die Diagnose, Kevin sei an einem Unfall gestorben, machte das Ganze perfekt. Nichts konnte mir mehr passieren und doch ging es mir schlecht. Was ich dir bei unserem Gespräch in der Schule über Saskia gesagt habe, war echt. Sie fehlt mir und mit jedem Tag wird es schlimmer. Vor meinen Augen schillert ihr Bild. Ich sage mir, dass Marcel und nicht sie an allem schuld gewesen ist. Diese Nacht habe ich wieder von ihr geträumt. Ihr Schatten hat zu mir gesprochen. Ich weiß, dass ich keinen Fehler begangen habe und doch gleichzeitig den schlimmsten meines Lebens.«
Sie schluchzte.
»Nein, Ray, du irrst dich. Es war nicht alles perfekt. Ich ... Ich bin mit Nina die Beweise durchgegangen und ... und wir haben rausgefunden, dass sie alle wertlos waren. Wir ...«
Weiter konnte sie nicht sprechen, sie musste husten, panisch schnappte sie nach Luft.

»Als Nina in ihrem Minirock und ihrem sexy Outfit zu mir kam, da wurde mir genau das klar, was du gerade gesagt hast. Ich durchschaute ihre Absicht sofort, sie wollte mich testen. Sie wollte prüfen, ob ich mich gleich der Nächsten an den Hals schmeißen würde, denn dann wäre ihr klar geworden, dass ich nicht wirklich um Saskia trauerte. Ich habe gemerkt, dass Nina sich mit Marcel als Mörder nicht zufrieden gab und weiter forschte, aber ich habe auch gesehen, dass sie nicht wie ich dachte. Denn ich trauerte ja wirklich um Saskia, daher war es mir ein Leichtes, ihr das beizubringen.«
Also das war es gewesen, Nina hatte ihn bloß prüfen wollen. Und sie hatte Nina für die Mörderin gehalten.
»Es kann sein«, begann Ray wieder. »Es kann sein, dass mein Leben ohne Marcel sich nun bessert. Doch immer werde ich von dem Gedanken verfolgt werden, die einzige Person, die ich jemals geliebt habe, umgebracht zu haben. Und niemals wird es einen geben, der mich davon erlösen kann. Es ist vorbei.«
»Wirst du mich auch töten? Wirst du es tun?« Ihre Stimme hatte sie verlassen, ihre Worte glichen einem Röcheln.
Er sah auf sie hinab. Sie konnte erkennen, dass auch er weinte.
»Nein, Sally. Ich könnte es nicht. Niemanden kann ich mehr töten, daran würde ich zugrunde gehen. Wenn ich noch jemanden umbringe, dann mich selbst.«

Da wusste sie, dass sie es niemals sagen, ihn niemals verraten würde.
»Geh«, sagte er endlich. »Geh nach Hause.«
Als sie sich erhob, wurde ihr schwindelig, sie taumelte.
»Leb wohl, Ray«, sagte sie, bevor sie hinausging.

28. Kapitel

Es war dunkel, als Sally in ihrem Bett erwachte. Jemand knipste das Licht an, sie erkannte Alex, die auf ihrer Bettkante saß.

»Sally, Ray ist tot. Seine Eltern haben ihn vor einer Stunde in seinem Bett gefunden, wahrscheinlich hat er Schlaftabletten genommen. Die Polizei sagt, es ist möglich, dass er Saskias Mörder ist. Aber er kann es nicht gewesen sein, nicht wahr?«

Sie merkte, wie Alex schluchzte und die Tränen zu unterdrücken versuchte. Sanft nahm Sally ihre Freundin in den Arm.

Sie hörte, wie ein Moderator im Radio eine Riesenfete in der nächstgelegenen Großstadt ankündigte. Sie sah aus dem Fenster. Der große Baum vor ihrem Haus hatte schon das erste Laub verloren, wie jeden Herbst. Die Welt dort draußen änderte sich nicht. Die Uhr tickte immer weiter, egal wie sich die Menschen fühlten. Egal, was mit ihnen geschah. In ihrem Kopf vernahm sie Stimmen, viele Stimmen. Doch sie schrieen nicht. Sie sprachen nur leise vor sich hin. Sie sprachen, bis Alex' bebender Körper langsam ruhiger wurde.

Erst dann verstummten sie.